講談社文庫

匿名

柿原朋哉

講談社

目次

匿名　5
文庫書き下ろし掌編　208
解説　吉田大助　220

あと一歩のところまで来た。

屋上から眺《なが》めるスクランブル交差点はうごめいていて気持ち悪かった。人工的な光に照らされた人々が青信号に合わせてぞろぞろと動く様子は、ムカデとかダンゴムシみたいな気味の悪さを思いださせる。

夜の静けさを忘れてしまったこの街はいつもカオスな音を発していた。ギャンギャン、ジャラジャラ、ブンブンと、ちぐはぐな音が共生を強《し》いられていて、ここにいるだけでなんだか息苦しい。

そうやってしばらく、ぼーっと見下ろしていると、ふいに街の空気が変わった気がした。

さきほどまでは、各所に設置された街頭ビジョンがこの街を照らしていたけれど、映像が暗転し、街全体を照らす光が失われた。おまけに大音量で流れていた音楽も途絶え、静寂が街をごっそり包み込んだ。それでも、通行人は動じない。その変化に気づく気配もなく、ぞろぞろと歩み続けている。その静けさのなかで、五つの街頭ビジョンがたっぷり時間をとりながら「5」と表示した。

4、3、2、1。と数字がちいさくなっていく。

「カウントダウン……」

私が思わず声を漏らしていると、ミュージックビデオらしき映像が流れはじめた。やわらかい金色の光。そのなかに佇《たたず》む女性のシルエット。いや、女性なのかどうかも定かではないくらい、逆光によってその輪郭《りんかく》は保《たも》たれていなかった。歌声を聴いてそう判断しただけだ。画面いっぱいに敷き詰められたLEDの金色の光の粒が渋谷《しぶや》を一色に染め上げた。その光景はカオスなこの街を統制し、浄化しているように思えた。

――すべての悲しみをひとりで背負うかのように、儚《はかな》げな歌声。

――放っておくといつのまにか消えてしまいそうな、孤高の歌声。

――平和をもたらすための祈りをしているような、慈愛に満ちた歌声。

サ行の摩擦音と夕行の破裂音が心地よく鼓膜を撫《な》でる。私の知っている日本語とちがうような発音だった。身体《からだ》を抱きしめて後頭部で愛をささやかれたみたいに、一気に安堵《あんど》に包まれた。このやさしい歌声を自分のなかに留《とど》めておきたい。言葉にして整理することが勿体《もったい》なく思える。

街頭ビジョンジャックにすっかり慣れた都会の人々は彼女に興味を示さない。そのなかで私だけが聴いているみたいだった。いや、ちがう。彼女が私のために歌ってくれているみたいだった。きっと私と目を合わせて、私にむかって歌っている。まるで、私を引き止めるように。

映像が終わり、アーティストの名前が表示された。その声の主は「F《エフ》」というらしい。

浄化された金色の渋谷と、私の語彙《ごい》を超越するFの歌声に鳥肌が止まらなかった。こんなにも傷ついた私の心が、癒《い》えていくのがわかった。やさしさに触れて、すこしずつ、すこしずつ。

気がついたときには、なぜか、泣いていた。音楽を聴いて涙を流す、こんな経験ははじめてだった。涙を拭《ぬぐ》ったことによるわずかな振動でまた涙が落ちてくる。それを無意味に繰り返した。

私は一体、なにをしているんだろう。オフィスビルの屋上で、なんで泣いてなんかいるんだろう。ここからあと一歩踏みだせば、死ねるはずだったのに。

匿名

1・越智友香《おちともか》

あのおじさん、バンクシーかも。

きれいに整えられたチャップリンみたいなヒゲに、激しくうねった長髪パーマ。おまけにデニムが塗料で汚れている。挙動だって怪しいし、まるでつぎはどこに絵を描くか探しているみたい。こっそり後をつけていたら絵の第一発見者になれるかもしれない……そんなわけないことをわかっていながらも、ついつい正体を知りたくなって想像してしまう。

シルバーウィークの初日、池袋駅前《いけぶくろえきまえ》は大賑《おおにぎ》わいだった。ここ数年は九月を迎えてもなお、暑さが残っている気がする。太陽が容赦なく照りつけて頭頂部を灼《や》く。足元のアスファルトから熱が上がってくる。熱に板挟みにされた私の額や脇《わき》から汗がとめどなく吹きだしていた。その猛暑っぷりは、セミロングにまで伸びたこの髪をポニーテールにせざるを得ないほどだった。

服装だってもうすこし明るい色にすれば熱がこもりにくいのだろうが、今日も地味なカーキのブラウスをチョイスしてしまった。主張が強いわけでもなく、だれが見てもちょうどよい色だからついつい着てしまう。そうやって悪目立ちしないような生き方を無意識に選んでいる自分がいる。

自我を出すのが苦手な性格のせいもあってか私は就活に苦労した。中途半端《ちゅうとはんぱ》な動機のエントリーシートを量産したけれど、どこの人事部もさすがの目利きで、私はことごとく落とされた。自分は社会に必要とされていないんじゃないかと落ち込む日々だった。不採用の結果が出た大手飲料メーカー、テレビ局、出版社、家電量販店――を生活の中で目にするたび、ため息がこぼれた。

『様々なことに興味を持ち、徹底的に答えを追い求めることができる』

無理やり捻《ひね》りだした長所を書き加えたエントリーシートを提出したら、Ｗｅｂライターの契約社員として内定が出た。まずは二年間の契約、その後のことはまだわからない。正社員採用が決まった大学の友人たちに引け目を感じて、契約社員であることはだれにも打ち明けなかった。二年も経《た》てばどうせ転職しているだろうし、大丈夫、と将来に対する不安を虚勢で覆《おお》い隠《かく》した。

結局、働きはじめたら転職する気力も体力もなくなり、あっという間に二年が過ぎた。ちょうどそのころから、落ち込むこともなくなったように思う。落ち込むという行為は自分の至らなさにむきあわされるみたいで疲れるから、環境のせいにするとか、人のせいにする、という方向にシフトした。

契約社員から昇格できないのは、会社のせい。

転職活動をしないのは、残業が多くて時間がないせい。

いま私の隣を歩く沢城《さわしろ》先輩には到底理解できないだろう。彼女が書いた記事はいつも閲覧数が多くヒットをとばしていて、人脈を作るのがうまく社内外問わず人望も厚い。彼女は私とは正反対の存在で、人生を謳歌《おうか》しているように思う。平日は完璧《かんぺき》に仕事をこなし、休日は趣味に没頭する。そんな彼女が羨《うらや》ましくて、一緒にいるだけで劣等感に襲われる。

私と沢城先輩が勤務するＷｅｂコンテンツ制作会社のオフィスビルは渋谷の一等地に建っていて、十二階からはスクランブル交差点を見下ろすことができる。地元の知りあいに話せば、だれもが羨望《せんぼう》の眼差《まなざ》しをむけるような立地だ。

むかいのデスクの沢城先輩は入社当初からパソコン越しによく声をかけてきた。上品なウェーブを帯びたショートヘアに、丁寧な暮らしを感じさせる抑えめなトーンのコーディネート。まるでカルチャー誌でお部屋紹介でもしているような空気感をまとっていた。銀縁の丸メガネとかかけていそうだ。私だってシンプルなファッションのはずなのに、先輩のは別格だった。それにはたぶん、顔面偏差値と自信の有無が関係している。先輩は服に選ばれたけど、私は服に選ばれなかった人間なのだろう。腫《は》れぼったいまぶたと下がり気味の口角のせいで「幸薄顔」と言われてきただけのことはある。そんなモラル皆無のジョークを友人に投げつけられても、場の空気を壊さないように平然と笑うことで人間関係を保ってきた。

おしゃべりな沢城先輩は「このお菓子美味《おい》しくない？」「つぎの月９の情報出たよ」「こないだアプリで会った人がさ」と、大して面白みのない話題で私の作業の手をしばしば止める。

でも、ぐっ、と我慢する。

余計な揉《も》め事《ごと》は起こしたくない。ときどき上司に歯むかう新人を見かけたりするけど、ああいう人の思考回路は一生理解できないし、体力を使って損をしているようにしか見えない。だから私はすこしでもまわりに評価されるように、認めてもらえるように、心がけていたい。それこそが上手に生きるための最適解だと思っている。なのに私は一向に大型案件を任されることもなく人望を得られないままで、その理由がわからずにいた。

先輩のことは、好きでも嫌いでもない。

それにもかかわらず休日を犠牲にしてまでつきあうのは単純に、ほかに大した予定もないつまらない生活をしているからだ。これといった趣味もなければ、会いたい人もいない。仲のよかった大学時代の友人ですら、いまとなってはほとんど会わない。インスタで近況を見て、いいねを押し、二往復ほどのやりとりをする。ネイルを変えたことも、話題のカフェに行ったことも、最近ハマってるアイドルのことも知っているのに、彼女たち自身がいまどこでなにをしているのかは知らない。プロフィール写真とユーザー名だけが彼女たちであることを証明してくれている。もしも中身が別のだれかになっていても、たぶん私は気づかない。いつもどおり、いいねを押す。

だから遊びに誘ってくれる沢城先輩に従うことが、いちばん自分の価値を感じていられた。自己肯定感のために先輩を利用しているような気分になって、しばしば申し訳なさを覚える。

今日の沢城先輩はかなり興奮した様子だった。先輩は、こもった熱を放出するように鼻を広げながら言った。

「まだ一時間もあるのに、もうドキドキしてきたやばい」

「先輩、いい顔してますね」

予定の時刻まで、あと一時間。サンシャイン通りのゲームセンターで時間をつぶすことになった。

店内にはクレーンゲームが所狭しと敷き詰められていた。まるでぬいぐるみの養殖場みたいだ。端《はし》のほうには子どもむけの小型クレーンゲームが置かれていた。それを見て小学生のころを思いだす。

超がつくド田舎《いなか》で生まれ育った私はコンビニにすらゆかりがなかった。電車にもほとんど乗らなかった。

人当たりがよく、どこへ行っても友好的な母は「他人を尊重できる人になりなさい」とよく私に言った。それが母にとっての「よいこと」で、なによりも優先している教育方針だった。

そんな母は、私が「よいこと」をしたら、ご褒美《ほうび》にチロルチョコを買い与えてくれた。近所の駄菓子屋に行き、今日はどれにしようといろんな味のなかからひとつ選ぶのがなによりのたのしみだった。このときはまだ、母に従順なかわいい娘だったと思う。

小学二年の夏、家族旅行で東京に行ったとき、大型ゲームセンターで高く積み重ねられたチロルチョコを見て驚愕《きょうがく》した。ちいさい私にはそれが隆々とそびえ立つ塔のように見えた。

なんて美しいんだ。

都会の人たちはこんな光景をいつも目の当たりにしているのか、と羨ましく思ったことをいまでもよく覚えている。

――越智さんってほんといろんなことに気が回るよね。

だれかにそうやって褒めてもらった日、私は帰り道のコンビニでチロルチョコをひとつ買う。母に反発して地元を出たというのに、母の教えに従うことでしか自己肯定感を高められない。なんて皮肉な人生だろう。


ゲームセンターを出て目的地の雑居ビルへむかった。古びたビルに似つかわしくないポップな色合いの看板が各階に掲げられていた。手狭なエレベーターで三階まで上がって店内に入ると、ブレザーの制服を着た黒髪の塩顔イケメンが言った。

「沢城っちひさしぶりじゃん。お隣の子は新入生かな？」

新入生……。

ああそうか。ここはそういうコンセプトなんだっけか。「越智さん、今度の週末空いてないかな」と浮かれた様子の先輩が誘ってきたのは、ＢＬカフェだった。私立学園という設定のコンセプトカフェで、制服を着た美少年たちが目の前でイチャイチャしながら接客してくれるという腐女子むけの店だった。

腐女子でない私は特段行きたいわけではなかったけれど、沢城先輩との関係性が崩れるのも嫌だなと思ってやむを得ず承諾した。それに、私がつきあうだけで先輩が喜んでくれるのであれば、それは紛《まぎ》れもなく「よいこと」だから。先輩と過ごして感じる劣等感と天秤《てんびん》にかけても、私は行くことを選んだ。

「友香ちゃんは、はじめて来てくれたんだね」

「はい。先輩が連れてきてくれたんです」

制服塩顔イケメンが私をそう呼ぶたび、ちゃんづけのむず痒《がゆ》さに襲われた。と同時に、せっかく非日常な空間なのに、名前を呼ばれることで現実に戻されるような感覚になった。

「仲いいんだね。ふたりは連休中なにして過ごすの？」

制服塩顔イケメンが聞いてきた。

「今日は池袋でグッズ買《か》い漁《あさ》って、明日からは帰省するつもり」

沢城先輩は帰省してしまうらしい。裏切られた気分。

「越智さんも？」

「いえ私は……」

沢城先輩がつぎの私の言葉を、やや不思議そうに待っている。反射的に否定してしまった馬鹿《ばか》正直な自分を恨んだ。しばらく押し黙っていると先輩が続けた。

「自分の時間過ごしたい派だ？　いいじゃん」

「ですよね！　さすが先輩。わかってくれます？」

笑いながら、そういうことにしておいた。

『今度の連休は帰ってきなさいよ』

先月送られてきた母からのＬＩＮＥはいまも未読無視になっている。あんな実家に帰るくらいならＢＬカフェに来たほうが百倍はマシだ。


屋上から飛び降りようとしていたあの日、私はＦの歌声をはじめて聴いた。

そして死ぬのをやめておとなしく家に帰った。覚悟していたはずなのに死ねなくなってしまったのだ。電車に乗っているあいだは頑張って冷静を装っていたけれど、下車してから家までの道のりでふたたび涙が溢《あふ》れ出《で》た。死ねなかった悔《くや》しさと生き長らえた安堵の中間にいるような不安定な精神状態だった。帰宅してソファに倒れ込み、涙をクッションで拭うと、安い化学繊維がチクチクと刺激してきた。

自分を落ちつけるために、キャビネットの上のチロルチョコのタワーに視線をやった。「よいこと」をしてだれかに褒められるたびにひとつ買って、すこしずつ建設したものだ。これを見ていると、正しい行いをしてきた自分の存在を再認識できて安心する。自己肯定感が充電される。その一方でキッチンには、今朝洗わずにいた食器類が放置されていてげんなりした。まさか洗わなければいけなくなるとは思ってもみなかった。食器のことをふたたび後回しにして、冷蔵庫から二リットルのペットボトルをとりだし、冷えた水で渇ききった喉《のど》をうるおわせた。呼吸を落ちつけてから屋上での出来事を思い返した。

Ｆの歌声に、まるで全身をやわらかいもので包まれるような感覚になった。ゆりかごの上でうたた寝するみたいな心地のよさ。母胎で守られる安心感に似ているのかもしれないと思った。

あなたはそのままでいいのよ。のびのび生きなさい。

まるでＦがそうささやきかけてくれているみたいだった。

かつてのクラスメイトがロックバンドを追いかけていたとき、彼女に対して、バンドを好きな自分のことが好きなんだろうな、と見下した気持ちでいた。彼らの歌に共感している自分に酔っているのだと解釈していた。ごめん。いまになってその気持ちが理解できる。音楽には人生を変えてしまう強大な力があるのだと、身を以《も》って体験してしまった。

Fはほかにどんな曲を歌っているのだろう。どんなことを想《おも》いながら歌っているのだろう。どんな見た目をしているのだろう。いつから歌に触れたのだろう。尊敬しているアーティストとかいるのかな。普段はどんなしゃべり方をするのかな。ライブならトークも聞けるかな。最近ライブとかやってるのかな――どうすれば、Fに会える?

『様々なことに興味を持ち、徹底的に答えを追い求めることができる』

エントリーシートのために捻りだした私の長所が、ここぞとばかりに体内で暴《あば》れはじめた。

スマホをとりだし、検索窓に「F　アーティスト」と入力した。

［F（エフ）は、日本の女性歌手である。2020年にパズルミュージックからメジャーデビュー。動画共有サイト・ニコニコ動画で歌い手としての活動をはじめたことがきっかけとなり現在に至る。その姿は謎《なぞ》に包まれているが、現役女子高生であるということを公言している］

あんなに慈愛に満ちた歌声が女子高生から発せられているだなんて思いもしなかっ

た。一体どんな経験を積めば、十五〜十八歳であそこまでの包容力を感じさせられるのだろう。

ほかのサイトもチェックした。有名なニュースサイトはもちろん、どこのだれが運営しているかもわからない広告だらけのまとめサイトも、こぞって現役女子高生という単語をプッシュしていた。

でも、私にとって重要なのはそちらではない。

［その姿は謎に包まれているが――］

彼女は顔出しをしていないうえに、自身にまつわる情報発信を一切遮断しているようだった。まるでバンクシーだ。音楽に興味を持つことがほとんどなかった私は、覆面アーティストという顔出しをせずに活動をする人の存在をいままで知らなかった。

Fの容姿や、好きなもの、出身地、そのほか彼女を形成するものを知ることができない。ライブ出演やメディア露出も一切なし。SNSアカウントにも「※スタッフが更新しています」と記されていた。

気になっている人のことをもっと知りたいと思うのは人間の性《さが》なのに、彼女に近づくのは精神的にも物理的にも難しいことが判明した。知りたくもないニュースすら視界に飛び込んでくるこの時代のせいで、情報を手に入れられることがすっかり当たり前になってしまっていた。このあいだもコンビニでバイトをする大学生がコーヒーマシンの豆をツンツンして炎上していた。おでんに引き続きコンビニツンツン流行《はや》ってるのかよ、と不毛なツッコミを浴びせたくなるのは関西で生まれ育った性だろうか。そんなことにいちいち突っかかってしまう自分が、おせっかいでおしゃべりな母親に似ていて嫌いだ。

ＢＬカフェでの一時間は案外あっさり終わった。ＢＬはともかく、美少年たちが自分のためにあくせく働いているという状況そのものは悪くなかった。

「よかったらお店のアカウントフォローしてね」

接客をしてくれたカナタくんとは別のスタッフが、学生証を模《も》したデザインの名刺を手渡してきた。ＢＬカフェのツイッターアカウントが記載されていて、フォローをすると次回来店時の会計が二十パーセントオフになるとのことだった。

店を出てエレベーターに乗ると沢城先輩が「越智さんってツイッターやってるの？」と尋《たず》ねてきた。

「ツイッターもインスタも見る専って感じですね」

「そのアカウントでフォローしても割引してもらえると思うよ」

もしかするとアカウントを聞かれるのではないかと焦ったが、まさかの再来店のススメだった。たぶんまた来ることはないけれど、その割引を受けたとしてお店の人はなんて思うんだろう。フォロワー０の鍵《かぎ》アカを見せられても涼しい顔をしながら「フォローありがとうございます」と言ってくれるのだろうか。そうやってまた卑屈なことを考えてしまう。

ＢＬカフェの入った雑居ビルから出ると、黒い雲のかたまりが上空を覆い尽くそうとしていた。

「え、雨降る系？」

「ニュースで晴れるって言ってましたよ」

「じゃあ通り雨なのかな」

猛暑の件と同じく、こういう不穏な天気の崩れ方もここ数年で増えた気がする。昔はゲリラ豪雨というワードのおかしさに腹が捩《よじ》れるくらい笑ったが、いまとなってはなにが面白かったのかすらわからない。おそらく「ゲリラ」の「ゴリラ感」に笑っていた。

「そういえばさっきさ」

意図的にトーンダウンされた沢城先輩の口調に、思わず身構える。視線をゆっくり送ることで「なんでしょうか」という合図を試みると、無事に伝わったらしく先輩が言いづらそうに続けた。

「帰省の話とかされるの嫌だった？」

帰省の話題がふたたびはじまったことと、嫌そうな自分が見透かされていたこととのダブルパンチに面食らった。

「間違ってたらごめんなんだけどね。一瞬だけ、それ以上聞かないでって顔したように見えたんだよね」

沢城先輩の洞察力に感心したいところだが、いまはなんと答えるべきか考えるのが最優先だ。

はぁ、まただ。

また母のせいで苦しめられている。

2・F

過去を乗り越えてここまで来た。

これからもっと沢山の曲を歌いたい。それだけがあたしの心を救ってくれるから。

だからこれからもずっと歌う。忘れられない忌々《いまいま》しい過去を乗り越えて。


「このスケジュールでも大丈夫かな？」

「全力でやります」

そう答えると、心配そうに尋ねてきたはずの田所《たどころ》さんが八重歯を見せて無邪気に笑った。

三ヵ月前にファーストシングルがヒットして以来、休みはほとんどなくなった。あたしの体調面を心配するマネージャーの田所さんは、気遣《きづか》いの言葉とは対照的に新しい仕事をどんどん持ってくる。あまりの忙しさにときどき恨みたい気持ちになることもあったが、いまが正念場であることは自分でも理解していた。せっかく摑《つか》んだこのチャンスを手放してたまるか、と自分自身に言い聞かせていた。それに、田所さんだって休んでいない。

メジャーデビューのきっかけは田所さんからのメールだった。「歌ってみた」動画を投稿していたあたしを偶然見つけてくれたそうだ。『フカミさんの歌声にとても惹《ひ》かれました。よろしければ一度お会いして、お話ししてみたいです』とストレートなメッセージが届いた。

どんな未来が待ち受けているのかという期待と初対面の人に会う不安を半分ずつ携えて、田所さんが待つパズルミュージック本社を訪れた。日本のレコード会社トップ3を争う大手だけあって、エントランスに入っただけで興奮した。

全面におおきなガラスと金属が使われていてクールな印象がありながら、あちこちにある巨大な植物のおかげで堅苦しさがまったくない。人と自然が調和するような空間に仕上がっている。エスカレーターの両脇の特殊ガラスにはいろんなミュージックビデオのメイキング映像が映しだされていて、「ここで数々の作品が生まれている」というプライドが感じられた。まるでＵＳＪみたいな、テーマパークに来たような高《こう》揚感《ようかん》だった。

田所さんの第一印象は悪くない、というかかなりよかった。どんなスキンケアをしているのかと尋ねたくなるくらい、見るだけでわかるもちもち肌。しわのない白いシャツと長い脚によく似合う細身のスラックス。身長は百八十センチくらいある。年齢は二十代後半〜三十代前半くらいだろうか。ちょっとタレ目なところと笑ったときに見える八重歯がチャーミングで、すでに好印象だった。エントランスから会議室にむかう道中も「迷わずに辿《たど》りつけましたか？」「あそこの小道、春には桜が咲くんですよ」などと積極的に話しかけて、緊張するあたしの心をゆっくり解きほぐしてくれた。

「投稿されてる動画、すべて拝見しました。もっといろんな歌を聴いてみたいです！」

会議室につくと、田所さんは恥ずかしげもなく目を輝かせながら言った。

いままでは動画についたコメントだけが自分の歌声に対する評価だった。嬉《うれ》しい言葉もあれば、イタズラのようなもの、度を越えた悪質なものまであった。最初のうちはその乱暴な言葉に傷心してノートパソコンを閉じていた。そのときは、もう二度と見るまいと心に決めたはずなのに、歌声を褒めてくれた喜びがどうしても忘れられなくてついサイトを開いてしまっていた。

デジタルの文字ではない田所さんからの肉声にひそかに感動した。

「よかったらうちに所属しませんか？」

田所さんが事務所所属を提案してきて、展開のはやさに驚いた。まったくもって心の準備ができていなかったあたしは言葉を選びながら言った。

「お誘いはとても嬉しいのですが、いきなり事務所に所属するというのは、すこし心配で……」

「そうですよね……」

潑剌《はつらつ》と話していた田所さんがあたしから目線を逸《そ》らし、表情をすこし曇らせる。その物悲しそうな姿に申し訳なさを覚えた。

と思いきや、彼はすぐに顔を上げ、八重歯を見せる。

「でしたらまずは所属をせずに、可能な範囲でご一緒するというのはいかがでしょう！」

「たとえばどんな？」

「まず、フカミさんの歌声にどんな楽曲が合うのか僕から提案させてください。歌う歌わないはフカミさん次第で大丈夫です。歌いたいと思えるものがあったら動画にしてみてください。それを積み重ねていきましょう。僕はフカミさんのことをもっと知りたいし、フカミさんにも僕のことを知ってもらえると嬉しいです」

契約といった縛りは一切ない状態で、田所さんがプロデュースとマネジメントをしてくれることになった。「まずはそんな関係からはじめてみて、もしも僕のことを必要だと思ってもらえたらそのときはぜひ」と、まるでプロポーズのような文句に心臓をドキリとさせられたが、平静を装って握手をした。こういうとき一般的には「僕」ではなく、「弊社」とか「うち」と言うだろう。それなのに田所さんが「僕」と言ったのはきっと意図的で、それは彼なりの覚悟や責任の象徴だろうなと推察した。

翌朝には田所さんから楽曲リストが送られてきた。

曲名が書かれた欄の横には、なぜこの曲があたしに合うと思ったかという理由が書き添えられていた。その丁寧な仕事ぶりに嬉しくなりながら、リストのなかから歌いたい曲を探す。

『ミギヒダリ／ちょうどいま大きな選択肢の前で悩んでいるフカミさんにぴったりな楽曲だと思います。悩んでいる人の心を救済するような力がフカミさんにはあるはずです』

そんな田所さんの熱い想いを存分に嚙《か》み締《し》めながら、早速この楽曲を投稿してみた。

それから二日後の朝六時、田所さんの電話で起こされた。スマホ越しに伝わるほど慌てた様子で彼が言った。

「フカミさん……バズってます」

早朝に起こしたことを詫《わ》びる様子すらない興奮状態の田所さんは、バズってます、とそのまま三回繰り返した。寝ぼけたあたしの脳にはその回数がむしろちょうどよくて、ようやく理解が追いついた。

あたしの歌が、バズったのか。

これまでも、田所さんに見つけてもらえるくらいには再生されてはいたものの、所《しょ》詮《せん》は知る人ぞ知る歌い手にすぎなかった。「ついに評価されたか」「去年から応援していたから嬉しい」「ギリ古参名乗っていいすか」と古参マウントで盛り上がる『ミギヒダリ』のコメント欄を見て、あたしの存在をマウントのために利用されているみたいで複雑な感情になる。それでも、話題になるというのはおそらくこういうことで、こういう人たちがいるからこそ数字がおおきくなっていくのも事実だった。

みんながあたしのことを、うっすらと愛してくれている。軽薄な愛に出会ったのはこのときがはじめてだった。その愛に甘えようものなら簡単に見放されてしまいそうな適度な距離感で、重厚な嫌悪よりも接し方が難しいと思った。それを理解することにも受け入れることにも、まだすこし時間がかかった。

「おはようございます。Ｆ、入りまーす」

田所さんがレコーディングスタジオの重いドアを開いて、お上品にあたしをエスコートする。仕事のできる男がカッコいいと感じるようになるとは昔は思ってもみなかった。田所さんが提案する楽曲はどれも当たって、あたしの知名度は二十〜三十代を中心にぐんぐん上がっていった。他人と関《かか》わることは、いつ裏切られるかわからないリスクがあると思っていたけれど、田所さんの真摯《しんし》な姿勢を見て考えを改めはじめていた。この人なら信じてもいいかもしれないと思うようになっていた。そうしてパズルミュージックに所属したいと田所さんに告げたとき、彼はタレ目をうるませながら子どものようにはしゃいでいた。

そして、あたしは「Ｆ」になった。

改名は田所さんからの提案で、あたしの世界観をゼロから再構築していくためのものだった。Ｆになったいまでも田所さんはふたりきりのときに「フカミさん」と呼ぶ。単純に前の名残《なごり》でそうなっているだけなのに、つきあっていることを周囲に隠しているカップルみたいでこそばゆい。

フカミというハンドルネームを名乗るようになったとき、まるで生まれ変わったみたいだった。

人生をリセットしたかのように、新しい自分としてこの世に生を享《う》けた。本当のあたしを知る人はいない。消極的で他者と接することがほとんどなかったあたしは、画面越しのだれかとツイッターを介してコミュニケーションをとるようになった。

『今回の選曲めちゃくちゃ合ってますね』

『ありがとうございます！　次もたのしみにしていてください』

ずっとひとりで抱《かか》えていたはずの孤独も、すこしずつ薄れていった。名前を変えるだけで意識も変わって、イチからやり直せることに驚いた。

3・越智友香

母を嫌いになったのはいつだろう。

職場での昼休み、イヤホンをしてFの歌を聴きながら社員食堂で五百円の日替わり定食を食べていると、ふとそんな考えが頭をよぎった。中学生のころだっけ。高校に入ってからだっけ。

兵庫県北部の田舎町で生まれた私は、東京に来たいま考えれば、時代遅れとも言える価値観のなかで育った。ご近所さんがチャイムも鳴らさず玄関に入ってきたり、女は大学に行かなくていいと親に言われたり、いつ結婚するのと期待を装った圧力をかけられたり、病院に行ったことをなぜか近所の人が知っていたりと、モラルもプライバシーも皆無だった。私が不満そうな表情をすこしでも見せると、母は口うるさく言った。

「お母さんだってそうやって育ったんやから当たり前やろ。普通のことよ、我慢しなさい」と。

私と同じ地元で生まれ、外の世界に触れることなく育った母の凝《こ》り固《かた》まった思想は、大樹の根のように揺るがなかった。父は放任主義で私と母に口出しすることもなく、私はそんな父があまりに無責任だと思っていた。

母の思想に鬱屈《うっくつ》するだけでなく、ストレスを解放する場さえ限られていた。自転車で三十分ほど走った先にあるイオンだけが私にとってのオアシスだった。大学生になってイオンモールという完全上位互換の存在を知ったときは、地元がよりちっぽけに感じられた。

でもそんな暮らしが、当時の私にとっては「普通」だった。だからなにも疑わず、母に育てられるがままにまっすぐ生きてきたつもりだ。母が「他人を尊重しなさい」と言うたびに、自我を押し殺し、他人の目を気にして生きてきた。そう、生きてきてしまった。気がつくと私は、「他人」に母も含めるようになっていた。だから母の言うことをすべて尊重した。

で、わがままの言い方すらわからなくなった。

こんな狭い田舎じゃなくて都会の大学に行って、もっと多様性が認められる世界に触れたいと思っていた私は、母にそれを伝えるのが怖かった。地元に固執する母は絶対に許してくれないとわかっていたからだ。

母のことを気にするあまり、自分の将来を抑圧しようとしてる。それって、なんのために生きてるんだろう？　漠然とした疑念が当時の私の脳を占拠した。意を決して進学のことを母に伝えた日、母は私を罵《ののし》った。

「親不孝者！　さっさと結婚でもしなさい！」

やっぱり。母は私のことなんて理解してくれないんだ、と絶望した。

その日を境に、私は母と距離を置くようになった。親権者のサインを捏造《ねつぞう》して大学に合格し、夜逃げする形で実家を出た。そして、自分で満額の奨学金を借りて進学することにした。だからいまも連絡をとることはない。私が家を出た二年後、二十歳のとき、父が脳梗塞《のうこうそく》で倒れたという母からの連絡に返信をしたのが最後だった。父の葬儀に出なかったことは、いまでも後悔している。そういう経緯もあって、緊急時のために住所だけは伝えた。

もしあの言葉に従っていたら、こうして格安定食を食べ続ける生活じゃなかったのかな。

母の言うとおりにしていれば、いまごろ満たされた環境のなかで自由気ままに過ごして、しあわせに暮らしていたのかな。

死ぬことなんて考えなかったのかな。

人生をやり直せるわけでもないのに、そんなパラレルワールドのことばかり考えてしまっている自分が無様《ぶざま》だ。

職場からの帰り道、電車に揺られながら、ファンアカウントというものをつくることにした。

本名ではない名義でファン同士が交流しているのをツイッターで何度か見かけたことがあった。

自分だけど、自分じゃないアカウント。

新しい自分になって、新しい世界で出会った人たちと理想郷を築く。

関わりたくない人から離れて、共通の趣味や思想を持った人と交流できる場所に移住する。他人に合わせて生きなくてもいい。これまで自我を押し殺してきた私も、羽を伸ばせるようになる。まるで、人生をやり直すみたいだと思った。命を絶ってリセットするのではなく、最初からこうしていればよかった。

本名のアカウントしか使ってこなかったから、別の名前を考える時間は気恥ずかしかった。考えれば考えるほど、よく見られたいという自我が働いて「なりたい自分像」を世界中に露呈《ろてい》しているような感覚になる。自分なりに名前の候補をいくつか出してみたが、結局は本名をもじることにした。

越智……落ち……没落。

没落はなりたい自分像ではないし、深い意味もないので気楽に使える。かわいすぎる名前やキザな名前に比べると、うちにこもっている感じがして気に入った。没落さんと呼ばれるのがおかしくて想像するとニヤけたが、電車に揺られていることを思いだしてすぐやめた。

名前だけでなくアイコンやプロフィール文も設定するよう促《うなが》されたが、とりあえず先に進みたくてプロフィール文は入力しなかった。

アイコンに使えるようなちょうどいい画像は、写真フォルダに見当たらなかった。社員食堂のレシートとか、新しく買った服の洗濯表示とか、そんなものばかりだ。さすがにそんな写真をアイコンにするわけにもいかないので、いま撮ることにした。

「カメラの使用を許可する」をタップすると、電車内で眉間《みけん》にしわを寄せてスマホを覗《のぞ》き込《こ》む私が映しだされた。どうして自撮り前提なんだ。下から見る自分の顔はいつも以上に幸薄顔だった。まぶたが腫れぼったく、口角は下がっていて、申し訳程度に施された化粧が皮肉にも哀愁を際立たせている。

外カメラに切り替えてレンズを人差し指の腹で押さえると、一瞬暗くなった画面が次第に赤っぽくなっていく。写真を撮るときにシャッター音が聞こえないように身体でスマホを押さえつけた自分があまりにも哀《あわ》れで、「電車内でやることじゃないな」と手遅れながらも反省する。画面全体を覆い尽くす赤のグラデーション画像が手に入った。それをアイコンに設定した。

兎《と》にも角《かく》にもこれでファンアカウント巡礼の準備が整った。

まずはFの公式アカウントにリアクションをしているアカウントを確認しに行くことにした。Fには五十万人のフォロワーがいるわりに、スタッフが更新しているせいかリプライは少なめで、五十から百ほどが平均的だった。

そのなかでも熱心に反応をしている「叶星」というアカウントが気になった。なんと読むのだろう。そのアカウントはほぼすべての投稿にリアクションをしていた。

叶星のページを開くと、まずそのフォロワー数に驚いた。ファンアカウントにもかかわらず九千人にフォローされている。理由はプロフィールを読むとわかった。

「Fは私の命。ファンコミュニティの代表です一応」

ファンが集まるコミュニティのようなものが存在することに驚いた。どんな人たちが集まっているのだろう。どういうことを行っているのだろう。

『一応』という言葉遣いには謙虚さに見せかけた傲慢《ごうまん》な心が見え隠れしていると邪推した。「私はただFのことが好きだからファンコミュニティをつくったんですが、気づいたらフォロワーが九千人もいました（笑）」と書いたほうが清々《すがすが》しい。こういうことを得意げに書くのは、経歴とか数字を武器のごとく振りかざして他者を萎縮《いしゆく》させるような人間だ。

ファンコミュニティは招待制で参加できるらしい。ファンコミュニティの関係者とつながり、オフ会への招待を受け、そこでようやくファンコミュニティの一員となれる、と叶星のツイートに書かれていた。知りあいのいない私には参加する術《すべ》がなかった。私はまだ、ファンを名乗る資格すらないのか。ファンコミュニティに入ることができればFの情報がもっと手に入るはずだ。そのためには招待してくれる知りあいをつくる必要があった。

まず叶星とつながりのある人物をひたすらフォローしてから、できるだけ無難《ぶなん》な投稿をした。

「最近Fと出会いました。とても救われたので、いつか彼女に会ってお礼を言いたいです」

投稿したあとで、新しい自分をつくったのにまだ無難であろうとする自分に辟易《へきえき》した。せめて没落でいるあいだは他人の顔色をうかがわないように心がけたい、と思った。

二駅ほど通過したタイミングで、アカネという人物からDMが届いた。リプライじゃなくていきなりDM？　と怪しみつつ開いた。

「はじめまして、Fファンコミュニティのアカネと申します。突然のDMすみません。この界隈《かいわい》ではFに会いたいと発言をすることは地雷扱いされるので、なる早で消したほうがいいと思いますよ」

想定外の内容に一瞬で血の気が引いた。ひとまず削除し、見ず知らずのアカネさんに感謝した。DMを受信してすぐに反応できたことが不幸中の幸いだ。

「はじめまして、没落です。お作法を知らずに投稿してしまっていたのでとても助かりました。教えてくださりありがとうございます」

「すぐに気づいてもらえてよかったです。ご新規さんなんですね。よければ仲よくしてください」

アカネさんはすぐにフォローを返してくれた。親切かつ情報通っぽい雰囲気だ。タブーに触れてしまって焦ったけど、早速いい人に巡り会えてよかった。ファンコミュニティへの第一関門をあっさり突破した。

プロフィール欄にもなにかしら書いておいたほうがいいよな、と思ったところで自宅の最寄り駅についた。渋谷から乗ったときには息苦しいほど人がいたのに、ここまで来ると侘《わび》しいくらいに人がいない。これを毎日繰り返す。はないちもんめみたいに、選ばれし人たちが降車していって、選ばれなかった私は残り物の気分を味わう。都市部で降りられる人たちは待遇のよい会社に入ったとか、玉《たま》の輿《こし》に乗れたとか、なにかしらの形で「選ばれた」からこそ、はやく降車する権利を持っている。

Ｆに出会うまでは、そんな捻くれた考えでずっと過ごしてきた。

明日がよりよくなるために努力して、仲間同士で不満を分けあって、友情や恋愛に邁進《まいしん》して、それこそが正しくて当たり前の社会。私はそれらに価値を見出《みいだ》せていなかった。かと言って自分より苦しい思いを抱えている人もいるだろうから、だれかに頼るという行為も甘えだと感じてしまう。目指すべき人生のゴールもわからず、苦しみから避難する言い訳も持っていない。実家から夜逃げしたときみたいに、悩みをひとりでこそこそ抱えるしかなかった。

それなのに社会は「あなたが弱いから」「もうちょっと頑張ろう」「そんな理由で自殺なんて」と私を取り締まる。生きていたいという願望こそが人間の共通項という前提で、そうでない者に訝《いぶか》しげな視線を突きつける。とことん勝手だな、と思うと同時に羨ましさもある。成績優秀で人望を集め、正しいレールの上を躊躇《ちゅうちょ》なく進む沢城先輩に抱く憧《あこが》れも、たぶん同じ感情だった。

母が求める理想の娘像。会社が求める理想の人材像。私が求める理想の自分像。それらひとつひとつが膨張して巨大な荷物となり、いよいよ抱えきれなくなってバランスを崩す。

そしてあのとき、ふと、すべてを手放してしまいたくなった。

「あなたの命は、かけがえのない大切なもの」

「嫌なことがあっても、その分いいことがあるはず」

「実はしあわせはすぐ近くにあって、気づけていないだけ」

そんな綺麗事《きれいごと》に無理やり生かされるのはもうやめようと思ったのに、Fの歌声がそれを止めた。Fが紡ぎだす歌声はそんな綺麗事とはちがって、寄り添ってくれるようなやさしさがあった。熱を下げるだけのかぜ薬のような表面的解決じゃない。悩みの芯《しん》とむきあって、根本的問題を治療する。それくらいF自身が苦しんだ先に辿りついた音楽なのだということが、ひしひしと伝わる。苦しみながら生きていてもいいのだと、Fが教えてくれた。

家の近くにあるコンビニに立ち寄った。チロルチョコを買うためだ。今日はオフィスでコーヒーを淹《い》れているとき部長の視線を感じたから、山積みになった仕事を後回しにしてもう一杯用意した。ネクストブレイクと言われている芸人の取材が、先方都合で直前にリスケになったが懇切丁寧に受け答えした。だから今日は二個買おう。仕事中、そう念じることで心の秩序を乱さぬよう過ごした。

チロルチョコを買うときはいつもこのコンビニだった。店内に入ってまっすぐ進み、二つ目の棚の脇にそれはある。アーモンドが入ったもの。ビスケットが入ったもの。生クリームが入ったもの。期間限定の、いちごのソースが入ったもの。四種類の味の正方形が、規則的にびっしり敷き詰められている。それらを眺めている時間は、今日もよく頑張った、と自分を認められる。ささやかなしあわせを存分に嚙み締めてから、生クリームといちごソースのそれらを手にとった。

帰宅し、シャワーを浴びてパジャマ代わりのTシャツに着替えてカーペットの上でくつろぐ。このあいだYouTubeで見た「簡単トレーニング動画」を思いだし、なんとなくそれっぽい動きをしてみる。仰むけに寝転びながら脚を上げて、8の字を描くように回し続けた。スマホを手にとって、脚はそのまま続行する。

インスタを開くと、今日も大学時代の友人たちはディナーを満喫していた。シャンパンの気泡が上昇し、下降し、ふたたび上昇し、と加工がなされた動画だった。平日の夜、仕事終わりに食事に行くだなんて私には考えられない。休みたいもの。休まなければ働けないもの。もしかしてこの子働いてないいんじゃない？　とすら思ってしまう。そんな老婆心を押し殺していいねを押す。平日の仕事終わりに飲むシャンパン、いいね！

スマホを置いてふたたびトレーニングに集中する。一体これがなにのトレーニングで、どこに効くのかも忘れたがやらないよりはやったほうがいい。何回やればいいのかもわからないが、少ないよりは多いほうがよい。無心で8の字を描き続けた。

しばらく繰り返していると、スマホの通知音が鳴った。いいねに対するリアクションが返ってきたかなと思ってインスタを開いたが、通知はツイッターからだった。Fファンのアカネさんからのだった。

「次回のオフ会の日時が決定したそうです。もしご興味あればぜひお越しください。ファンコミュニティへの招待も現地で行っていますよ」

貼《は》られていたリンクに飛ぶと、オフ会の詳細が表示された。カラオケ店の大部屋（大画面プロジェクターつき）を借り切ってFの全動画をみんなで鑑賞するらしい。

なんてたのしそうなんだ。代表の叶星が考案したのだろうか。行くしかないじゃん。アカネさん教えてくれてありがとう。叶星のことはあまり好きではないけれど、Ｆのことを知るため、情報源としてつながってはおきたい。早速訪れたチャンスに舞い上がった。

オフ会だけを生き甲斐《いがい》にして、それまでの一ヵ月を無心で働いた。会場は新宿《しんじゅく》にある有名カラオケチェーンの七〇一号室だった。

こういう会合の場合、早めに行ってその場にいる少人数での交流をさきにはじめてしまったほうが居心地がよくなるだろうと予測はしつつも、せっかく没落として生きているのだからそういう後ろむきな思考をやめようと思って、到着順を気にせず駅前で時間をつぶしてからむかった。

現地について見上げてみると看板の青がぼろぼろに剝《は》がれていて、かなり年季の入ったビルだった。なかに入ると、食べ物とか香水とかタバコの蓄積したにおいが鼻をつき、このビルの加齢臭みたいだと思った。

エレベーターから降りて七〇一号室の前に到着すると、なかからＦの歌声が聞こえてきた。もうはじまっているようだ。ガラス扉越しに覗き込むと、最大三十人が収容できるパーティールームが人でぎっしり埋め尽くされていた。部屋はかなり奥行きがあり、ちいさいステージのようなスペースも見えた。一応ノックをしてみたもののリアクションがなかったので、静かにドアを開けると近くにいた数人がこちらを見た。そのうちのひとりがさっと立ち上がって私のところにやってきた。動画鑑賞の迷惑にならないような無駄のない所作だった。真面目《まじめ》そうな銀縁のメガネにもったり重めボブの、私より二十歳くらい年上に見えるその女性が捲《まく》し立《た》てるような早口で話した。

「場所わかりづらくなかったですかね。来てくださってありがとうございます。ここのカラオケ古いんですけどなぜかいいプロジェクターが置いてあったりして重宝してる感じなんですよね。ふふ。プロジェクターの前にお金使うとこあるだろーって言いたくなっちゃうくらい古いんですけどね。ふふ。……あぁすみません。席はお好きなところで大丈夫なので空いてるところにどうぞです」

その女性はしゃべっているあいだも全然目線が合わない。常日頃からそういう話し方をする人なんだと思う。幸い私はそこまではないけれど、コミュニケーションの面において自分と似たような社会的厄介さを感じたので、この人はきっと同志だ、と嬉しくなった。国民的キャラクターがプリントされた、よれたロンTと丈《たけ》の足りないジーンズを組みあわせた彼女の服装も、東京で見るにはなかなかアレな感じだった。

ソファの角には、上品な光沢のある金髪ロング、細長い脚にお似合いのスキニーパンツを穿《は》いたギャルが座っていた。ご自慢の髪を指先でいじり、行儀悪くストローを軽くかじりながら私の全身を舐《な》め回《まわ》すように下から上までじっくり観察している。ギャルもFを聴くんだな。てっきり陽気な音楽だけを嗜《たしな》むと思っていたから意外だった。でもそれは偏見だ、と瞬時に反省した。

「いちばん奥のあのあたりとか空いてますよ。よかったらどうですか、ご案内しますね。あっ、そうだ自己紹介していませんでしたよね失礼しました。Fファンコミュニティの代表をしています。叶《かな》えるに星と書いて叶星《のあ》といいます。よろしくお願いします」

この人が、叶星……？　あの、傲慢な文章をプロフィールに書いていた叶星？　挙動不審に目線を泳がせながら早口で話すこの人が？　あまりにイメージとちがっていたので内容を飲み込めず、お辞儀をしている途中に点と点がつながって、顔だけを上げた姿勢で静止してしまった。そして叶星の顔を凝視する。叶星が不思議そうに尋ねる。

「あの……なにか……？」

「あっ、いえ！」

初対面で相手にこんな行動をされたら不審に思うはずなのに、叶星はふふっと笑って奥の席へと案内してくれた。足元の段差の注意だってしてくれるオプションつきだ。プロフィール文を読んだだけで叶星のことをイキリオタクだと解釈していた自分を責めたくなった。もしかするとあのプロフィール文すら、私が勝手に嫌なふうに解釈していただけかもしれない。実際の叶星は経歴や数字を武器のごとく振りかざすようなタイプには見えなかった。

それからはひたすらFの歌声を全員で浴びた。ニコニコ動画に投稿された過去作を古い順に再生しては拍手を何度も繰り返し、特段会話をすることもなく、神聖でありがたいものを享受《きょうじゅ》するように静かに聴き続けた。正直なところ、わざわざ大勢で集まって動画を観《み》る必要性は一ミリもないのだけれど、この状況を全員が求めているように感じられたし、趣味を共有できる喜びにも浸ることができた。趣味なんて気軽なものではないのかもしれない。みなの心の拠《よ》り所《どころ》で、生きる意味で、たぶん宗教みたいなもので。全員が神に祈りを捧《ささ》げるようにして目を閉じ、心臓部の奥深いところで音楽を反芻《はんすう》していた。素性を知らない者たちが古びたカラオケ店の大部屋に集まっている異様な状況を愛おしく感じはじめていた。これこそが私の望んでいた新しい世界で、理想郷なのかもしれない。

それから三時間ほどノンストップで聴き続けてオフ会はお開きとなった。叶星に手渡されたファンコミュニティの入会用紙に、ハンドルネームとツイッターアカウントを記入して提出すると「これでオッケーです。よろしくお願いします」とあっさり言われ、達成感を得られないまま入会手続きを終えた。

「みなさん本日はお疲れ様でした。不慣れな運営でグダグダしてしまったと思うのですがおつきあいくださりありがとうございました。すみません、あまりしゃべるのも得意ではないもので、気の利いた締めの言葉みたいなのはないんですけど。ええ、はい。ではお開きです。そうだ、さきほどフロントから連絡がありましてエレベーターが不調らしく非常階段で降りてほしいと言われてしまったのですみませんがご協力お願いします。重ね重ねすみません」

叶星がたどたどしく懸命にしゃべる様子もまたどんどん愛おしく感じてきた。七階から階段で降りることになんの文句もないくらいの充実感を得ていた。

職場での飲み会なら忘れ物がないか確認するために最後に部屋を出るけれど、没落として生きる今日はだれにも気を遣わず、流れに身を任せて部屋を出た。エレベーター前で店員に怒鳴《どな》り散《ち》らしているクレーマーがいたが、ファンコミュニティの面々はそのクレーマーに一瞥《いちべつ》もくれなかった。クレーマーの陰口《かげぐち》を言うこともなく、気にする素振りさえ見せず、私たちはこぞって存在感を消した。全員が、騒がしい社会から距離を置いているように感じられて、そういう社会に合わせて無理に適応しようとしない参加者たちのスタンスが私には心地よかった。

建物の外に突きだす形の非常階段では、もろに風が吹きつけてきた。首筋を強張《こわば》らせてくる冷たい風だったけれど、みな黙って列を成して下った。

錆《さ》びて朽ちかけた手すりを摑んでゆっくり降りていると、突如、後ろから声をかけられた。

「没落さんってさ、Fに会いたいんでしょ?」

まわりにギリギリ聞こえないくらいの声量でささやくように言ってきたのは、さっきの金髪ギャルだった。ただでさえすでに苦手な雰囲気のギャルにいきなりタメ口で話しかけられたもんだから一瞬カチンときたが私は大人なので怒りを鎮めた。ギャルは二十歳前後といったところか。私が二十歳のころはそれなりに敬語とか使えたものだけれど、まったくいまの若者はどうなってるんだと人生ではじめての感情を抱いた。私、まだ二十五なんですけど。

我ながらなかなかに人生の先輩ぶった思考を巡らせていたが、あれ?　このギャル、「Fに会いたいんでしょ?」って言った。記憶のデータベースをスパコン富岳《ふがく》ばりに高速で検索するも、ヒットしたのはたったの一件のみ。ファンアカウントをつくった日にはじめて交流したファン、アカネさんとのDMだけだった。

「ウチもなんだよね」

ギャル、もといアカネさんはうっすら青いカラコン入りの真剣な目つきでそう言った。


後日、アカネさんとふたたび会うことになった。

待ちあわせ場所はひとりでは絶対に来ないような白を基調とした美意識の高いカフェを指定された。表参道《おもてさんどう》と原宿《はらじゅく》の境で、ちょうど若者と大人が交ざりあうようなところ。外からでは服屋なのかレストランなのかさえ判別がつかないような小洒落《こじゃれ》た店が所狭しと並んだなかに、そのカフェはあった。

オフ会の日、非常階段でアカネさんに声をかけられて、店の前の路地で立ち話をした。

「あーウチDMしたアカネ」

「はじめまして。没落です……」

「あーごめんごめん。キャラちがうよね。文字だと敬語になっちゃうのよアハハ」

どういうことなのか全然わからなかったけど、「なるほどですね」とつい調子を合わせてしまった。

それからDMですこしやりとりをしているうちに、週末に会って作戦を立てませんかと誘われた。

この作戦というのは、「どうすればFに会えるのかを考える」という意味だ。

さらに言うと、「Fの素性を探る」ということだ。

いくら私が会いたいからといって、詮索《せんさく》すべきでないことくらい頭ではわかっていたけど、Fの歌声を聴いて以来暴れ狂う好奇心を落ちつけたかったし、会ってお礼を言って立ち去るくらいだったら、Fも喜んでくれるんじゃないかと思った。

「お待たせー。めっちゃ人多くて酔うかと思った」

アカネさんは約束の時間より五分遅れでやってきて席につき、カフェラテを注文した。私だけじゃなく、蛍光ピンクのジャケットを着たアカネさんもまたこの店の雰囲気から浮いていた。

「あーわかります。このへん多いですよね人」

「んね」

アイスブレイクのつもりで話題を返してみたものの、たった一言でそれを終わらせたアカネさんは早速本題に入った。

「没落さんってなんでFに会いたがってるの？」

おしとやかな声量で会話が行き交う店内に、遠慮のない声量の「没落さん」が響き渡った。アカネさんの奥に座る客がチラチラとこちらを見ているような気がした。アカネさんみたいに本名っぽいハンドルネームにしておけばよかったとはじめて後悔した。それに、Fに会いたいというのは危険思想だと教えてくれたのはアカネさんなのに、そんな声量で大丈夫なのかと私は不安になった。

「えっと……あの……ちなみにアカネさんは？」

「え？　ウチは感謝の気持ち伝えたいから的な。そんだけ」

アカネさんの理由を聞いて思わず「私もです！　同じです！」とこちらも店内への配慮のないおおきめの声量で返してしまい、感じる視線の数が続々と増えた。しまったと思うと同時にアカネさんが目を輝かせた。

「いつか絶対お礼言おうよ。一緒に」

「はい！」

ファンアカウントをはじめてつくったあの日、もしも勢い余って「会いたい」と書かなければアカネさんとの出会いはなかった。素性を明かさず活動するアーティストに会いたいと思ってしまうことは危険分子扱いされてしかるべきなのかもしれないけれど、隠すべき正直な思いを打ち明けあって意気投合できていること自体は、奇跡だと思った。

それ以降、アカネさんと頻繁に連絡をとりあうようになった。Fに関する情報なら些細《ささい》なものであろうと共有しあった。およそ手がかりと呼べるようなものはひとつも見つからなかったが、Fのことを調べて分かちあう時間が、日々のたのしみになりはじめていた。

『デビューする前は自分でツイッターやってたらしい。もう消しちゃったみたいだけど。

フォロワー1045だったって』

文面ですらタメ口になったアカネさんからスクショが送られてきた。Fがフカミ名義時代に使用していたツイッターアカウントだった。すでに削除されたアカウントなのに、かつてどこかのだれかが撮ったスクショが掲示板に貼られていたらしい。アカウントが残っていれば過去のツイートを遡《さかのぼ》ることができたのに。

待てよ。フカミ宛《あて》のリプライなら検索すれば発掘できるかもしれない。仕事で培ったリサーチ力が役に立ちそうだ。スクショに写っていたフカミアカウントのＩＤを検索窓に入れるとフカミ宛に送信されたリプライがぞろぞろと表示された。フカミアカウントが消えてしまっているため元ツイートは確認できないが、おおよその投稿内容を推測することはできる。

『うぽつです！　待ってました～』

動画投稿に対して言っているのだろう。うぽつとは、「ＵＰ（投稿）おつ（お疲れ様）です」の略であると、この界隈に入って学んだ。このリプライと過去動画一覧の投稿日を照らしあわせると、たしかに一致する日時の動画が見つかった。

ほかに『はい不幸自慢乙《おつ》』というリプライもあった。

これはどういう投稿を咎めているのだろう。内容が気になる。フォロワー千四十五人時代にアンチがいたのか。いまみたいに売れると思ってなかっただろうな。

フカミ宛に送られているリプライを遡ることのできる限りチェックしても、とくにこれといった情報は手に入らなかった。そりゃあそうだろう、当時から本名とはちがう名前で活動していたのだから素性がバレるような発信はしないはずだ。なにを期待しているんだ私は。でも探偵ごっこみたいでちょっとたのしい。私の好奇心が満たされていくのを全身で感じた。

週末はアカネさんとカラオケ店に集まり、灯台下暗しという言葉に倣《なら》ってフカミ時代の動画を改めて見返すことにした。歌声は何度も繰り返し聴いているが、動画ページ下部に記載された投稿文を読むことはあまりなかったのでそれらをじっくり解読しようというのが本日のメインディッシュだった。その投稿文はすべての動画に一文ずつ添えられていた。


『雨が続いていたので歌いました』

『まるで遠い世界を見ているような……』

『最近は納豆を克服したのでえらいです』

『一生そこでイキってな』

『一周年を迎えました。いつもありがとうございます』

『にっちもさっちもえっちらおっちら』

『それあたしのせい？』

『おひさしぶりです元気です！』

といった具合にかなりのテンション高低差で綴《つづ》られていた。選曲にマッチしている場合もあれば一切関係のないような文言まで多種多様だった。『雨が続いていたので歌いました』は「もしかするとFの居住地に近づけるかも？」とひらめいた。投稿日の全国の天気を検索してみたが、その年の三月は全国的に雨が続いていたらしく、結果は空振りに終わった。そもそも日本在住かどうかさえわからないじゃないかと気がつき絶望した。

「特定するのって難しい」

そう言ってアカネさんは深いため息をついた。

アカネさんは二年前まで大手事務所に所属するアイドルグループのファンだったらしい。ファンを降りたのは推しの熱愛報道がきっかけだった。当時アカネさんは推しに対して強い恋心を抱いていた。いわゆるリアコというやつだ。推しがグラビアアイドルと半同棲《どうせい》をしているという熱愛報道で裏切られたような気分になり、怒りと嫉妬《しっと》で仕事が手につかなくなってしまった。アカネさんの不手際でダブルブッキングを連発したり、誤った納期を社内に共有したり、社外秘の情報が詰まったパソコンを紛失したりと当時の職場に散々迷惑をかけ、辞めざるを得ないほど自暴自棄になった。

もうアイドルは推さないと決めたアカネさんは、一目惚《ひとめぼ》れしやすいから、顔を見ず歌だけを聴くために「歌ってみた」の世界に没頭するようになった。そこで出会ったのが、Fだった。

『ミギヒダリ』というFが歌っていた楽曲が、推しという生き甲斐を失った当時のアカネさんに今後の人生の選択肢を提示してくれるみたいに感じて、心に突き刺さったそうだ。それまでアイドルに費やしてきた時間をこれからはFに捧げる、とそのとき決心したらしい。それなのに「元推しの一件で懲《こ》りずに、Fに会ってみたいと思っちゃってるのほんとバカバカしいよねぇ」と自虐的に笑っていた。

根本的なFへの感謝の想いが共通しているように感じたし、話しづらい過去を明け透けに話してくれたことで距離が縮まったように思えて嬉しかった。

「いまさらだけど、没落さんってなんで没落さんなの？」

使ってもいないマイクを膝《ひざ》の上でコロコロと転がすアカネさんが尋ねてきた。

「どういう意味です？」

「名前の由来、的な」

没落の意味を説明するには本名に触れる必要がある。

「プライベートなことになるのでちょっと……すみません」

せっかく没落としてアカネさんと出会えたのに、越智友香として自己紹介するにはまだ心の整理ができていなかった。アカネさんはネットとリアルの境目を意識していないタイプの人だろうけど、私はＳＮＳで新しい自分になると決めたので、ネットで出会った人にはリアルを曝《さら》けだしたくなかった。素性を明かしてしまうと、沢城先輩と接するときみたいに、嫌われないように配慮を心がけた振る舞いをしてしまう。いつもは言えないNOも没落としてなら言える気がして、そういう新しい自分を求めていた私は、アカネさんとは没落のままつきあっていきたいと思った。没落としてのスイッチをオフにしたくない。越智友香として生きる時間をすこしでも減らしたい。

気まずそうに謝る私を見たアカネさんはマイクを転がすのをやめてテーブルの上に置いた。

「そう。ちなウチは本名だから。アカネ」

なんとなくそんな気もしてはいたが本人からあっさりと言われてあっけにとられた。

「あー別に気にしないで。前いた界隈がさ、ネットとかリアルとかそういうのあんま気にしない人多かっただけだから。没落さんのほうが一般的だと思うし」

アカネさんはソファに置いた電子タバコを手にとって、無愛想《ぶあいそう》に私にそれを見せ部屋を出た。

翌日、毎日連絡をとりあっていたアカネさんとのメッセージが途絶えた。

やっぱり癇《かん》に障《さわ》ったのだろうかと悔《く》いたところで連絡が来るわけでもない。仕事の休憩時間、社員食堂の隅《すみ》の席に座ってアカネさんとメッセージをやりとりすることがちいさなたのしみになっていたことに気づく。いつもの格安定食の和風ハンバーグも、今日は水っぽく感じた。それでも、業務に戻って人と接する時間をすこしでも減らしたくて、時間をつぶすようにじっくり咀嚼《そしやく》した。

一週間が経ってもアカネさんからの連絡はなく、かといって自分からメッセージを送る勇気もなく、十一月の太陽は日を追うごとに早足になっていった。

退勤して夜の渋谷に出ると、今日も街は人工的に明るく照らされていた。日が沈むのがはやくなろうが遅くなろうが、自分たちの都合のよい明るさにしてしまえるくらい図々《ずうずう》しい生き方が私にもできればいいのに、とどこかのだれかを羨ましく思った。

満員電車のなかで人に圧迫されながら、家までの長い道のりをじっと耐え忍ぶ。

匿名を持ったら簡単に生活が変わると思っていた。リアルで人生をリセットできなかった私は、没落としてなら一からやり直せると思っていた。少ない友人たちにポチポチといいねを送るだけの自分から脱却できると思っていた。でもそんな簡単なことじゃなかった。

鞄《かばん》のなかでバイブレーションが鳴った。沢城先輩からのＬＩＮＥだ。私は自分を、越智友香のモードに切り替える。

『もう帰っちゃった？　これから行きたいお店あるんだけどどう？』

賑やかな絵文字で装飾された文章がいつも以上に眩《まぶ》しかった。職場からかなり離れてしまったけれど先輩が誘ってくれたのだから渋谷方面に戻ろう。ちょうど途中の駅についたところだったのでとりあえず降りた。

返信を打ちはじめると今度は電話が鳴った。電話はあまり得意ではないけれど先輩からの電話を無視するわけにもいかない、と思いきや、まさかのアカネさんからだった。

ホームの自販機横の邪魔にならなそうな陰に移動して、ふたたび自分を没落のモードに切り替える。四コールほどのバイブレーションが鳴ったあたりで電話に出た。

「没落さん急にごめん。いま気になるの見つけて勢いでかけちゃった」

アカネさんの声色からは気まずそうな雰囲気は微塵《みじん》も感じられず、ただ急ぎで電話をかけたように息が上がっていた。

「とんでもないです。どうしました？」

「消されたフカミのアカウント宛のリプをもう一回見返してたら気づいたんだけどさ、『うぽつです』って言われてる日の数が投稿されてる動画の数と合わないんだよね。動画がひとつ足りなくて」

「え。それってつまり消した動画があるってことですか？」

「わからない。でもそうかもしれないよね」

「ありがとうございます。こっちでも一回調べてみます」

電話を切って、そのことについてネットで検索をかけるも情報は見つからなかった。該当のツイートは五年も前だったらしく、その時代のF、つまりフカミを知る人物はかなり限られていたのだからなにもヒットしなくて当然だ。叶星ならなにか知っているんじゃないか、とわずかな望みだけでDMを送った。

数分後、返信が届いた。

『知ってますよ。たしかフカミ時代にひとつだけ動画を消したんですよ。そのころから聴いてたので覚えています。もともとは動画説明文を書き換えただけだったんですけど、それに関しての疑問の声が上がりはじめちゃって、そのあとすぐ消したんだったと記憶していますよ。いい動画だったので勿体ないな。悲しいな。と思ってました』

さすが叶星。ファンコミュニティ代表なだけある。

『ちなみにもとはなんと書かれていたんですか？』と叶星に尋ねると、またしても即返信がきた。

『成った。でしたよ』

想像していたよりはるかに短文だった。その意味を考察したくても一体なにを指しているのかわからない。

しばらく頭を悩ませていると、ティロリロリン、ティロリロリンとおおきな音が鳴り、それが電車の発車合図であることを理解するのに時間がかかった。

しまった。ＤＭに夢中になりすぎて先輩への連絡を返していない。ひとまず電車に飛び乗って『行きたいです！　20分後には渋谷に戻れます』とメッセージを送った。

平日の夜に都心にむかう電車は空いていたのでゆったり座ることができた。『成った』の意味を考え続けても突破口が見えず、ふたたび叶星に心当たりがないか聞いてみた。

『最初は将棋かなと思いました。でも、だとしたらなんだって話ですし、それを消す意味がよくわかりませんでした。そうなると、Ｆ自身がなにかに成ったんじゃないかって思うようになりました。それからしばらくはずっと考えてて、正直もうなんでもいいやって諦《あきら》めようともしました。でも考え続けました。数少ないＦの情報をひとつでも多く知りたいという執念だったと思います。それから半年後くらいにようやく気づいたんです。

たぶん、成人したんじゃないかって』

叶星の言ってることがよくわからなかった。だってFは現役女子高生なんだから。高校生というのは十五歳から十八歳なんだから。どう考えたって成人しているわけがなかった。法が改正されて成人年齢が引き下げられたのはついこないだの話で、五年前のこの文章には関係ないのだから。

『信じられませんよね。わかります。私も没落さんのように混乱しました。でもいまは受け入れられました。私たちファンにはそれが事実なのかどうかさえわからないのです。プロモーションのためにつくりだされたキャラクターである可能性だって否定できません』

理路整然そして淡々と、ぎっしり詰まった文字列が私の心を抉《えぐ》る。

『無理に受け入れなくてもいいんですよ。でも私はそれに気づいたときから、そのつもりで応援しています。Fの歌声が好きだからです。どこでなにしてるだれであるかは私には関係ないんだ、と。なぜ関係あると思い上がっていたのかと当時は恥ずかしくなりましたね（笑）。推させてもらっている身なのだから、それが虚像であったとしても崇拝しようと決めたのです。長々とすみません。

念のため要約しますと、私はFが現役女子高生であろうとなかろうと歌声が好きなことに変わりはない、ということです。『成った』の件に関しては下手に騒がないほうがいいと思います。我々の好きなFが活動しづらくなってしまう可能性もありますから。気づいてしまった没落さんに黙っていてもらうため、すべてお話ししました。ご協力よろしくお願いします』

　絵文字を一切含まない長文ＤＭが持つ破壊力は凄《すさ》まじかった。あくまで憶測の域を出ていないのに、ファンコミュニティ代表の言葉というだけですべてが事実かのように思える。信じていたFという唯一無二の存在が、私のなかでぼやけはじめていた。別に現役女子高生だからファンになったわけではない。こちら側で勝手に描いていた推しと真実との乖離《かいり》を受け入れる心の余裕が、いまの私にはなかった。

　口外しないほうがいいとはいえ、仁義的にアカネさんにだけは報告しなければならない気がして、叶星とのやりとりを五枚のスクショに分けて送った。

　アカネさんからたった一行の返信が届いた。

『なにこの言い方。ムカつくね』

　推しに理想を押しつけるのはナンセンス、とも読みとれる叶星の思想は、リアコ経験のあるアカネさんからしてみれば自分のことを揶揄《やゆ》されるような不快感があったのだろうと察した。

　かくいう私も、少なからずショックを受けていた。私はなぜFのすべてを知ったような気になっていたのだろう。他人のことなんて、たとえ家族であろうとわかるはずもないのに。

４・Ｆ

田所さんが新しい提案を持ちかけてきた。

Ｆが作詞をするのはどうか、という内容だった。フカミとして活動をはじめてから、これまで作詞をしたことなんて一度もなかったから急には無理だ。趣味で書くならまだしも、いきなり作品として世の中に公開されるのは怖かった。あたしは田所さんに、あまりにも唐突ですと反論した。

「うまくやろうとしなくていい。むしろそのままでいい。フカミさんの歌声は生まれ持ったものだけじゃなくて、君自身の経験とか体験とか、そういう後天的に授かった力のほうがおおきいと僕は思ってる。だからこそ、いままでの人生を歌詞にぶつけてみるってのはどうかなと思ったんだ」

熱のこもった思いに気圧《けお》されていたあたしを察知したのか、後半にかけて探り探りな言い方に切り替わっていくところが田所さんらしかった。あたしの過去についてだれかに話したことは一度もない。それにもかかわらずここまでの自信を持って言い切れる田所さんに驚いたが、あながち間違ってはいないのかもしれない。

フカミになる前まで、別にいい思い出なんてなかった。というかむしろ最悪だと思う。そんな過去を塗り替えたくてフカミという人格をつくった。フカミはあたしを支えてくれた。過去を顧みる暇がなくなるくらい、フカミはあたしを満足させてくれた。

でも、Fとしてメジャーデビューを果たしたいま、このくらいで満足なんてしていられなかった。ここまで必死に藻掻《もが》いたおかげでようやく小指に触れたまだ見ぬ栄光を、なんとしてもたしかなものにしたい。その光を摑んだ者だけが見られる景色を思いっきり堪能《たんのう》したい。それに、自分の考えや想いを言葉にして届けたいという願望もある。フカミとして活動をはじめたとき、『あなたの歌声が好きです』という動画についたコメントにあたしは救われた。素直に想いを届けることで救われる人もいるのだと知った。あたしは自分の想いをうまく伝えられないことがずっとコンプレックスだったから、そんな人になりたいとあのとき思ったはずだ。

そんな動機に駆られて、田所さんの提案を受け入れ、セカンドシングルの歌詞制作に着手した。スマホのメモアプリを起動してフリック入力で書いていく。筆、もとい指は思うようには進まない。はじめての経験だからではなく、自分の人生に真正面からぶつかることが難しかったからだ。

そういえば今日は食事を摂《と》っていない。どうりで頭が働かないはずだ。なにか食べるものあったっけ、と思い冷蔵庫を開けると白い内壁が隅々まで見えた。ここ最近ゆっくり過ごす余裕がなく自炊をしていなかった。部屋の散らかり具合と冷蔵庫内の寂《さび》しさは、忙しさに比例する。

あ、実家から送られてきた荷物をまだ開けていない。母は定期的に食料品や消耗品を送ってくれる。地元でしか買えないものと、東京で手に入るものが混在している。わざわざ申し訳ないなと思いつつ、遠く離れた故郷の母とのつながりを再認識できるこの小包が、あたしは好きだった。

今回の段ボール箱にも、まるで機械がやったみたいにまっすぐテープが貼られている。几帳面《きちょうめん》な母が愛を込めて封緘《ふうかん》したそれを、じっくり味わうようにして慎重に剥がした。

箱のなかは物でぎっちり埋め尽くされていた。袋菓子、カップ麺《めん》、レトルトカレー、レトルトごはん、ふりかけ、ソース、コーンスープ、ツナ缶、洗濯用洗剤、カイロ、アイマスク、入浴剤。これだけで打順が組めそうなくらい、あまりに頼もしいラインナップだった。

今日はじめての食事はどん兵衛《べえ》のうどんに決めた。あの、うどんと呼ぶべきかわからない独特な食感の麺を思いだすだけで唾液《だえき》がわき出てくる。あたしは普通のうどんよりもこっちのほうが好きかもしれない。電気ケトルの湯を注ぐと、出汁《だし》の香りが広がる。パッケージに書かれている『本鰹《ほんがつお》×昆布のWだし』の字面も相まって、さらに食欲を掻《か》き立《た》てられた。

「アレクサ、五分タイマー」

購入した当初は頻繁に話しかけていたのに、いまとなってはタイマー機能しか使っていないアレクサに指示をして、指定時間の五分を待つ。三分のカップ麺が多いなか、強気に五分待たせる魂胆も嫌いじゃない。待てば待つほど美味しく感じられるからだ。

待っているあいだ、荷物のなかに入っていたやわらかい和紙の封筒を開く。丁寧な字で綴られた母からの手紙だった。

『史歌《ふみか》へ
そっちでも元気に過ごしていますか？　身体を壊したりしていませんか？

ます。東京も肌寒くなりはじめたそうですね。こちらは例年どおり、雪が降りはじめてい
お父さんは相変わらず、史歌の活躍を職場の人たちに自慢したくてたまらないみたいです。でも史歌のために我慢すると言っていました。音楽好きが高じてあなたの名前に「歌」を入れたくらいだから、すごく嬉しそうにしていますよ。このあいだも「俺が最高の名前をつけた」なんて、冗談交じりに鼻を高くしていました。
忙しいと思うけど、また会える日をたのしみにしています。お元気で。
母より』

目まぐるしく過ぎる日々のなかに時折届く母からの手紙を読んでいるとき、時間が急に減速したような感覚になる。そのときようやく自分の現在地を見つめ直す余裕が生まれる。それはあたしにとって、マラソンにおける給水、ゲームにおけるセーブみたいな、必要不可欠な時間だった。

読み終えたばかりの手紙をもう一度読み返し封筒にしまうと、ちょうどアレクサがタイマー終了を告げた。どん兵衛の蓋《ふた》が、上に置いた割《わ》り箸《ばし》のところだけを避けて捲《めく》れ上《あ》がっている。七味を入れると、香りが湯気とともに上昇して、鼻腔《びこう》に抜けた。

「いただきます」

だれも聞いていないけれど、今日はなんだか声に出して言いたい気分だった。

腹を満たしてはみたものの、結局一文字も書けないまま夜が更ける。

あまりにも兆《きざ》しが見えないと落ち込んで田所さんに状況を報告すると、翌朝、事務所で会って話すことになった。

「フカミさんの過去について僕に話すことってできる？　人に話しているとなにか見えてくるかもしれないよ」

「どんなことを話せばいいんでしょう」

「家族のこととか学校のこととか趣味のこととか、話せることならなんでも」

自分のことを話すのは苦手だったけれど、田所さんになら話してみようと思った。

それからあたしは自分の過去について話した。いままでだれにも話せなかったことも全部。話し終えたときには五時間も経っていた。田所さんは、決壊したダムのように轟々《ごうごう》と涙を流すあたしにハンカチを差しだした。青い刺繡《ししゅう》で描かれた小鳥と目が合ったような気がした。

「長々とすみません。ハンカチまで……」

「ううん。話してくれてありがとう。作詞しようだなんて無茶を言ってごめん。いまからでもすぐに作詞家を探そう。そのほうが」

つくづくやさしい田所さんにむかって首を横に振った。涙でベタついた顔をハンカチで拭う。

ようやくわかった。そうだ。いつかこの涙が涸《か》れ果《は》てるくらい、人生を振り返らなければ歌詞は書けない。だとしても、書く。絶対に自分で書く。思い返して、ぼろぼろになってでも書く。そうやってあたしの魂の分身を歌にする。これまでのあたしを軽々と肥料にして、すくすくと育つ怪物こそがFなのだから。

それから一ヵ月後の夜明けごろ、セカンドシングル『走馬灯《そうまとう》』の歌詞が完成した。

死に際、走馬灯のように記憶が思いだされるとよく言うけれど、それって美しい思い出だけとは限らない。むしろ古傷を抉るような記憶のほうが多いかもしれない。それでも、記憶は蘇《よみがえ》る。これから死ぬというのに、さらにあたしたちを苦しめるかもしれない。そのときこの歌を思いだしてごらん。嫌な思い出がよぎるのはあなただけじゃないよ。きっとあたしもそうだよ。この歌を走馬灯のＢＧＭにしてみるっていうのはどう？　あなたが愛してくれたこの歌を思いだして。人生も悪いもんじゃなかったねって、天国で笑いあおうね——そういう想いを存分に込めた。

5・越智友香

　駅から歩いて九分。青白い街灯の下で、ポップな色合いの遊具が不気味に見える幼稚園の前を通過して自宅マンション前についた。ポストの隙間《すきま》を覗き込むと、一通の茶封筒が入っていた。ダイヤル式の鍵を開けてとりだすと、封筒には差出人が明記されていなかった。不審に思いながら部屋に入って恐る恐る中身を確認する。なかには二枚の紙が入っていて、一枚は三つ折りにされたA４用紙、もう一枚はちいさいメッセージカードだった。

『友香へ　うちに届いたので転送します』

　母からだった。差出人に自分の名前を書かなかったのは、確実に中身を読ませるためか。その巧妙なやり口にゾッとした。重なっていたもう一枚の紙を仕方なく開いた。

北並高校《きたなみこうこう》二年二組・同窓会のお知らせ
拝啓
時下ますますご清祥のこととお慶《よろこ》び申し上げます。
さて、はじめての同窓会を下記のとおり開催する運びとなりました。
丸山《まるやま》先生もご出席くださるそうですので、皆様もぜひご出席よろしくお願い致します。
敬具

母校の同窓会の知らせだった。「北並高校」という文字列を見ただけで、思いだしたくもない当時の記憶が濁流のごとく押し寄せてくる。地元でのことを忘れようとしていた私にとって、同窓会の知らせは困惑せざるを得ないものだった。

その紙の端には『P・S　目指せ、全員参加！（笑）』と手書きで記されていた。

あのクラスで上京したのはおそらく数人だけ。あの町で生まれた人間は、あの町で生きていくのだから、当然同窓会も参加する。だからこの「全員参加」は上京した人間にだけむけられた言葉だ。故郷を捨てる気？　もちろん参加するよね？　とあの町に縛りつけようとする腕がぞろぞろと伸びてくる。すこし油断をしただけで全身を包み込まれてしまいそうだった。

あんなところに戻りたくはなかった。なんとしてでも断り文句を考えなければいけない。

日程は二週間後に迫っている。しかも三日以内に郵送で回答をする必要があるらしい。本当は数ヵ月前に届いていたはずの知らせだが、母が転送するのを面倒くさがったのだろう。

仕事終わりに長時間、電車に揺られたうえ地元のことを考えるだなんて怠《だる》すぎて、一旦《いったん》ソファに倒れ込む。Fのために登録した音楽のサブスクで、Fのプレイリストを再生した。チョコタワーの隣にあるスピーカーにワイヤレスでつながって、部屋全体に音が広がる。私の周囲を音が駆け巡る。目を瞑《つぶ》って鼻から空気を吸い込むと、音も体内に流れ込んできてくれるみたいだった。

私のなかに蓄積された不純物がFの歌声によって浄化されてゆく。最高。この瞬間がたまらなく好き。Fの歌声にどっぷり沈み込んでいく。深く深く底の見えない海。眩《まばゆ》い日光がその海を照らして、気泡で乱反射している。私はその海に全体重を委《ゆだ》ねる。重力に従ってゆっくり下降していく。はあ、気持ちいい。自然とまぶたが下がってしまうほどの心地よさだった。

まぶたを開いたときにはもう朝になっていた。

昨晩、曲を大音量で浴びたと思っていたけれど、どうやら酒も、浴びるように飲んだらしい。握りつぶした形跡のあるレモンサワーの缶がいくつも床に散らばっていた。立ちくらみと闘いながら洗面台へとむかう。つけっぱなしだったコンタクトを外そうとしたら、眼球にへばりついていてなかなかとれない。若干の傷がつく覚悟でまぶたをすこし擦る。コンタクトが目に入ったままなのと、半《なか》ば強制的に擦ってでもとるのは、どっちがマシなんだろう。あ、これ記事のネタにできるかも。あーあ。右はとれたのに左がとれない。いちばん困る。

缶を拾い上げる時間はとてつもなく惨《みじ》めだった。過去の自分の尻拭《しりぬぐ》い。皿洗いだってそう。洗濯だって、風呂《ふろ》に入ることだって。ただ生きているだけでいろんなものを汚してしまう。未来のために生きているのか、過去に生かされているのかわからない。つぶれた缶のなかに残留していた液体がこぼれて右手が汚れた。最悪だ。汚れた手をティッシュで拭《ふ》きながら考える。過去の自分の尻拭い……。

私には清算しなくてはならない過去がある。

でもむきあうのは怖い。それに、あまりにいまさらすぎる。

そうやって何年も「あの日々」から逃げてきた。その結果、巡り巡ってはるばる東京までやってきたのだ。私はこのままでよいのだろうか。ずっと暗い過去をひとりで抱えながら、このさきも生きていけるのだろうか。わからない。答えが見つからない。あの同窓会の知らせはそんな私に手招きをしているみたいだった。

冷静になるために狭いベランダに出て外気を吸った。煤《すす》っぽい都会の空気。東京に来てはじめて地元の空気のきれいさを知った。それでも私にとっては、空気だけが澄んだ町だ。そんなところに帰る必要はないと思いたい。なのに、どうしてだろう、ずっと悶々《もんもん》としている。たぶん帰らなければ、あの日々を清算できないと心のどこかでわかっているからだ。解放されたい。過去を抹消してしまいたい。

そんな衝動に駆られてあの紙を封筒からとりだす。「出席します」と「欠席します」の究極の二択を突きつけられている。震える手で鞄からペンケースをとりだした。おおきく深呼吸をしたあとで、丸をつける。その線は頼りなく掠《かす》れていた。

もしも地図アプリがなくなったら、現代人って全員迷子になるよな。便利な世の中になる一方で世界の偏差値は下がっていそう。いや、地図アプリ開発できるから偏差値上がってるか。

４分（２９０ｍ）。

今夜、Ｆの新曲が配信される。

Ｆを知ったあの日以来、過去の彼女を漁る日々だった。「歌ってみた」時代の動画を時系列順に再生した。スタッフが運営しているアカウントだって全投稿チェックした。それが今夜ようやくリアルタイムとつながる。いまの彼女を、いまの私が追いかけることができる。

３分（２２０ｍ）。

コンビニの前を通過する。こんなところにコンビニできたんだ。喪服を着た小柄《こがら》な金髪の男が、ヤンキー座りの体勢で電話をしながら一服していた。喫煙所って絶滅したわけじゃないのか。まだ残ってるとこもあるのか。このあたりの喫煙者一同からはオアシス的な扱いを受けているのかもしれない。

「それが、百万当たったんすよ」

めっちゃ気になる電話してるじゃん。宝くじ？　競馬？　いいなあ百万。当たりたいなあ。

「その日に親死んだけどハッハ」

笑えないって。このたびはご愁傷様です。聞こえてしまったとはいえ、盗み聞きするにはヘビーすぎる内容だった。喪服ヤンキーに幸あれ。

2分（140m）。

もうすぐだ。ついてしまう。せっかく近くまで来たのに帰りたくなることが、よくある。到着したあとのあれこれを脳内で予測して、面倒くさいと感じてしまう。世の中のドタキャンって、そうやって発生すると私は踏んでいる。約束した瞬間のモチベーションは一時間後には消え失《う》せていて、どちらからドタキャンの連絡を入れるのか、探りあいがはじまる。あの心理戦はなかなか奥深い。ふたりとも面倒くさくなっているはずなのに、会いたかったあ、みたいなテンションで「ほんとごめん！」「全然大丈夫！　また今度呑《の》も」と慰めあう。あー。帰りたいかも。

1分（70m）。

目的地周辺です、と言ってカーナビが案内を終了することに、沢城先輩がキレていたことを思いだす。「周辺で終わるなよ。ピンポイントまで見届けろよ」だそうだ。そういえば先輩との約束はドタキャン願望が芽生《めば》えたことがない。チョコタワーをさらに高く積み上げるためなら頑張れるのか、私。

結局、集合時間十分前に到着してしまった。建物前にはウェルカムボードが掲げられていた。

［北並高校二年二組・同窓会］

その文字が視界に飛び込んできた瞬間、急に恐ろしくなった。ついさっきまでヘラヘラ構えていたのに、あれは自分の心を騙《だま》すための虚勢だったことに気づく。どんなに地元を嫌っていても、二年二組を避けようとしても、私は結局、同窓会に来てしまった。

会場は、モダンレストランを借り切った立食スタイルだった。地元で暮らしていた当時、こういう小洒落た店は一軒もなかった。さっき通りかかったコンビニだってなかった。この町もすこしずつ形を変えているらしい。

ほとんどのクラスメイトが到着していて、会場の空気はすでに温まりつつあった。奥のほうでは男性陣が騒いでいる。同窓会というイベントの高揚感に呑まれ、素面《しらふ》とは思えないはしゃぎっぷりだ。静かに開始時刻を待つ少人数のグループ。幹事を手伝おうと必要以上に右往左往するグループ。さて、どのあたりにスタンバイしよう。いま欲しいものはなにかと問われたら、指定席と即答する。

「もうすぐはじめるんで各自グラスをお手元にお願いします」

あの人だれだっけ。全然覚えてない。

烏龍茶《ウーロン》の入ったグラスを手にとって、静かに待つ女性グループ付近で立ち止まる。

「私はこのグループに属していますよ」と外にアピールしつつ、「私はあなたたちのグループには属していませんよ」と彼女らに言い張れる絶妙なポジションだ。円のちょっと外、そんなところで時間が過ぎるのを待つことにした。

「友香」

ふいに後ろから声をかけられた。トモカってほかにいなかったっけ。私だけだっけ。私だけなんだよなあ。振り返ると萌《もえ》がいた。名字はたしか……そう、松田《まつだ》。松田萌。当時はあのグループの二番手だった。

「ひさしぶり。元気？」

無難な挨拶《あいさつ》テンプレートを拝借し、こちらから尋ねた。つい、標準語と関西弁の混じった気味の悪いアクセントで話してしまう。

「うん、元気。友香は？」

「まあ……そこそこ？」

松田萌は学年でいちばんの低身長で、ちょこまかと動く様子が小動物的だと男子から好評だった。あのグループのメンバーからもかわいがられる対象で、萌自身もその立場を理解して振る舞っていたように思う。だから二番手。ちょうどいいポジションを獲得していた。

今日の松田萌は、ゆったりとしたおおきめのニットを着ているせいか、いつも以上に小柄に見えた。校則がゆるく、私服での登校が認められていた高校時代も、こういう感じの「自分がちいさく見える服」を着ていた記憶がある。そう。彼女はやり手なのだ。それはグラスを持つ彼女の手も物語っている。指輪だ。それも左手の薬指のやつ。彼女は私の目線に気がついたらしく、

「そうそう。実は結婚しました！」と声色をワントーン上げた。

「まあでも、いまは普通に専業主婦しとって、子どもの世話とかでバッタバタ。もっと遊んでから結婚したらよかったたって何回思ったことか」

萌がつらつらと語る。しあわせ自慢と不幸自慢を同時に見せつける高等テクだ、おまけに返し方もわからない。大変だねって労《ねぎら》うべきか、しあわせそうでいいなって羨むべきか。

「……大変そうやなあ」

労ってみた。

「まぁなぁ。でもうちは旦那《だんな》も協力的なほうやから、まだマシ」

「それはええなあ」

羨んでみた。思惑どおり、萌は満足そうにしていた。相手が求めるフレーズを素直に言ってあげるコミュニケーションが結局のところいちばんコスパがいいのだ。だれ

かに褒められてこそいないがこれは「よいこと」にちがいない。

「もうマイとしゃべった？」

その名前が出た瞬間、私の体温が急激に下がった気がした。話すもんか。それを避けるためのこのポジショニングなんだ。わざわざ話すもんか。

「いやまだ……」

「マイ、ちょっと。こっち」

萌の勝手な行動が信じられなくて、思わず腕を摑みそうになる。私は萌のことを冷ややかな目つきで見つめた。萌は、私とマイの再会をほほえましく見守る気満々といった様子だった。

コツンコツン。

石の床をだれかのヒールが鳴らす。

コツンコツン。

クラスメイトで埋め尽くされて見えなくなったむこう側から、その高い音だけが響き渡る。

コツンコツン。

モーセが海を割ったように、クラスメイトたちが左右に分かれ、道を開ける。

コツン――。

いまできたばかりの花道を通ったペールブルーのヒールが動きを止めた。

「来てくれたんや友香」

聞きなじみのある上品な声が私の名前を呼んだ。現実から目を背けるように俯《うつむ》いていた私は、強制力のある呪《のろ》いをかけられたみたいに、頭を上げざるを得なくなった。

私は表情筋を無理やりつり上げてから、震える唇《くちびる》を律して言う。

「そ、そりゃもちろん」

「東京からわざわざ。嬉しいわぁ」

マイだ。

マイのゆったりと余裕のある話し方はいまもなお健在で、当時のことが脳裏を掠めて怖くなる。思わず耳を傾けてしまうような声量と速度が見事でいつも場の空気を支配する。このあとマイはなんと言うのだろうと常に身構えてしまう。

「困る?」

「え……?」

質問の意味がわからなくて思わず聞き返してしまった。

「いや困っとるんかなって」

「私が？」

「そう」

私の目の奥を見つめるようにして、目が合わないマイの視線が怖かった。同窓会会場に着いて早々マイと対峙《たいじ》することになったから、困ってはいると思う。そのことを聞いているのだろうか、だとしたら怖すぎる。あまりに直接的だ。すれちがいざまに足を引っかけるような陰湿さだ。

「自分ではわからんけど、もしかしたら困っとるんかなあ。久々の地元やし。みんなに会うのも数年ぶりやし……。でも大丈夫。気遣わせてごめんなあ」

どうにかうまく躱《かわ》そうとするも、マイの視線が私の目をしっかり捉《とら》えて逃さない。発言の真偽を見極めてやると言わんばかりの眼力だった。ただでさえくっきりとしたマイの目がより見開かれている様は、メデューサが能力を使うみたいに、私をさらに硬直させた。つぎにマイの言葉が発せられるまでの時間が永久に感じられた。

「そっか。たのしもな」

質問の意図も教えないまま、彼女は颯爽《さっそう》ともといたところへ戻っていった。彼女が私から一歩ずつ離れるたび、身体の緊張が解けていくのがわかった。

「みなさんお揃《そろ》いでしょうか！　北並高二年二組同窓会をはじめます！」

いぇぇぇいと会場全体から歓声が上がる。一部ではうぉぉぉという雄叫《おたけ》びすら上がっている。

「乾杯！」

幹事の声に続いて全員が空中にむかってグラスを突きだした。次第にクラスメイトたちがぞろぞろと動きだし乾杯をして回る。マイとの再会を終えたばかりの私は、その場に留まって乾杯巡りを待つことしかできなかった。

「クサカべって来《こ》ん感じ？」

どこからかそんな声が聞こえてきた。クサカべという語感には聞き覚えがあったのでおそらくクラスメイトの名前だろう。

「いまでも道草食ってんのかな」

「リアルにな」

「そうそうリアルに」

あー思いだした、日下部《くさかべ》くん。

文字どおり道に生《は》えている草を食べて注目を集めてた。草の味が好きなのであればまだしも、注目を集めるためだけに草を食えてしまうのが思春期なのか。だとしたら全員が草を食べていたはずなので思春期が原因ではないことは明白なのだが、あの時期の男子のモテたい願望というのはとてつもない推進力を備えているにちがいない。

「日下部が来たら全員なんやけどなあ」

「参加はするらしいで」

「ほんなら来るか」

すごいな日下部くん。このふたりさっきから日下部くんの話しかしていない。ふたりの鎹《かすがい》となるキーマン日下部くんがいなければ友達として成立しない、仲よし三人組なのだろうか。だから、日下部くんを挟まないと会話が盛り上がらないのかもしれない。

乾杯のパレードは終盤に差しかかっていた。思い思いの方向に動くクラスメイトたちが視界を埋め尽くしてきてやや酔った。渋谷の屋上で感じた気持ち悪さと似ていた。うごめく有象無象を見ていると、まっすぐ立っているのがしんどくなる。渦巻きの錯視画像を見たときのしんどさにも似ているし、インフルエンザに罹《かか》ったときにだけ見る謎の暗闇《くらやみ》が迫ってくるような悪夢にも似ていた。

Fの新曲公開まで三十分を切っていた。

五分前にはトイレに避難しようと決めている。今日のためにワイヤレスイヤホンを新調した。聴く環境が、悪《あ》しき思い出のある、高校の、同窓会を、抜けだしてこもった、便所である、という点以外は極めて最高のコンディションで挑むことができる。過去を清算するために同窓会に来たはずだったのに、いつのまにか新曲のことで頭がいっぱいになっていた。

店の出入口のほうにちいさな人だかりができていた。輪の中心にいる人物を揉むようにしながらなにやら盛り上がっている。

「日下部ぇぇぇ」

あまりにも揉まれすぎていてここから姿は確認できないが、日下部くんが到着したらしかった。愛されキャラというかいじられキャラというか――大人になっても変わらないいんだなあ。社会人になったそれぞれの生活を今日だけは忘れて、みんながみんな、あの日と同じ自分を演じているみたいだ。クラスにはそれぞれに与えられた役割があって、ルールを遵守《じゅんしゅ》しながら変化のないように日々を過ごす。それが秩序なのだから守らなくてはならない。

秩序が乱れた瞬間、クラスは崩壊するのだから。

「みんな、日下部来たで」

「おお懐《なつ》かしー」

「相変わらず遅刻」

「とりあえず飲めって」

「ヨッ道草！」

クラスメイトたちが与えられた役割に適したセリフを順々に口にした。出入口の人だかりがすこしずつ広がりはじめて、隙間から日下部くんの姿が見えはじめた。当時の彼をほとんど覚えていないけれど顔を見れば思いだせるだろうか。「あの人はいま」系の番組を見ているときと同じドキドキを抱きながら、隙間から見える日下部くんを凝視した。フォーマルな黒い服装に似つかわしくない金髪頭でナヨナヨと笑顔を振りまく日下部くんは、さっきコンビニで見かけた喪服ヤンキーだった。

「なんで喪服やねん」

「ちょうど親死んでもてハハ」

見ているこっちが気まずい思いをすることになるので無意識に目を瞑ってシャットアウトした。見ていなくても微妙な空気になっていることがわかる。あと、なにが「ちょうど」なのか全然わからない。

日下部くんの登場によって同窓会の盛り上がりが最高潮に達した。

「日下部も到着したということでなんとなんと、今回の同窓会、全員参加でーす！」

うおおお、と地鳴りのように会場が沸いた。女子も男子も隣の友人と喜びを共有している。はち切れんばかりに目を見開いて、手のひらが痒くなるくらい力強いハイタッチをしていた。

こういうところが苦手なのだ。

この町の、こういう押しつけがましい一体感が苦手なのだ。

当時からまったく変わっていない。学校全体で募金の呼びかけが行われたときも「うちのクラスは全員で募金しよう」とだれかが言った。クラスごとの募金額がランキング形式で学校新聞に掲載されるからだ。声のおおきいクラスメイトが「一位を獲《と》ろう」と一週間ずっと言い続けたことで、クラス中の思想がすこしずつ統率されていくのが怖かった。結果は見事、学校一募金額の多いクラスとして掲載された。全クラスメイトが苦しむことなく募金したのか、無理をしたクラスメイトはいなかったのか、そういう集め方をした募金はどんな意味を持つのか。考えても考えても納得できなくて、でもそんなことを気にしているのも私だけのような気がした。

それに、この同窓会が全員参加だなんて、大嘘《おおうそ》だ。

その嘘を指摘することすらできない異様な一体感は、もはや支配と呼ぶべきだ。それともみんなあの出来事を忘れ去ってしまったのか。なら私が声を上げたらいいじゃないか、ってそれは不可能だ。私にはその資格がないのだから。

ウプッ。

腹部が締めつけられるように苦しくなって吐き気《はけ》に襲われた。下手に目立ちたくないので、気持ち悪さを最大限押し殺してトイレへむかった。便器に顔を近づけると嫌なにおいが鼻を突いてくれて、嘔吐《おうと》寸前まで到達することができる。かといって吐けるわけではなく、おえおえと空嘔《からえずき》しかできない。ギュルルというどこかの臓器の鳴る音が身体の奥底から出てきた。

結局吐けずじまいで大量の涙を目に浮かべ、ぼやけた視界でトイレットペーパーに手を伸ばす。あまりにしんどくて一刻もはやく帰りたい。いま帰ってしまったら同窓会に来た意味はなくなってしまうのに、それでもやっぱりここにいたくない。なにかに縋《すが》るような思いで時刻を確認すると、スマホ画面に一件の通知が表示されていた。

［まもなくFさんの新着動画が公開されます］

やっぱり私にはこの人しかいないんだと思わざるを得ないほどのベストタイミングだった。Fはいつでも私の救世主だ。

震える指でなんとかワイヤレスイヤホンを装着し、不器用に通知をタップした。新曲が公開されるギリギリに間に合って「5」という数字が表示された。その数字は4、3、とちいさくなっていく。画面下部にレイアウトされているチャット欄は到底読むことのできない速度で流れていた。世間の熱狂ぶりを物語るようにそれはどんどん加速していく。ただの文字列を有機体に感じられるほど驚異的な速度だった。自分がその有象無象のひとりであることを意識したくなくてチャット欄を非表示にした。

1、0、暗転。

しばらくの無音のあと真っ白な映像がフェードインした。画面が完全に白に覆い尽くされたその瞬間『走馬灯』というタイトルが表示された。「すーっ」とFの繊細な息遣いが私の鼓膜をやさしく撫でた。全身に鳥肌が立った。身体中の力が抜けていき、スマホを支えることすらやっとだ。そんな私に追い打ちをかけるようにしてFが歌いだす。

ちいさく震える弱々しい声だった。

まるでなにかしらの脅威に怯《おび》えているみたいで、届かないはずの手を差し伸べたくなる。もしも彼女のそばにいられるのならば支えになりたいが、そんな幻想を抱くほど自惚《うぬぼ》れてもいないので、彼女もどこかのだれかに救われていてほしいと勝手ながら願った。

新曲公開を最後まで見届けた。余韻に浸っていたくてイヤホンをつけたままトイレの天井を仰いだ。血液が身体中を巡るのを感じる。ちいさな鳥肌が波のように頭部から足元へと流れていく。じゅんわり、じゅんわり、と。生きている心地というのはこのことを指すのかもしれない。だとするとはじめて生きている心地がした。

私はまだ、この同窓会に来た目的を達成できていない。

マイと「あの件」について、しっかり話さなければ私の過去は晴れないままだ。

鏡の前でイヤホンを外す。ノイズキャンセリングで聞こえなくなっていた空気の音が一気に流れ込んできた。

「おい、やめろって！」

突如、会場のほうからなにかを制止する男性陣の声が聞こえてきた。同窓会がはじまって一時間、粗相をするものが現れはじめてもおかしくはない頃合いだ。みんなにとっても久々の会合だ。そりゃあ羽目を外すことくらいある。

「ちょっと。そのくらいに。ね？」

つぎは女性陣のだれか。なだめるような口調だった。

面倒なことになっていないことを祈りながらトイレをあとにした。ざわざわとクラスメイトたちが騒ぎはじめているようだった。廊下の角を曲がって会場に戻ると驚愕の光景が眼前に広がった。

「ちょっと！　ええ加減にしてよ！」

「えらそうに。全部お前らのせいやろが！」

当時はおとなしかった印象のある日下部くんが、マイの胸ぐらを乱暴に掴んでいた。

「同窓会、全員参加やと？　そんなんできるわけないやろ！　アイツはもうおらんねん！」

マイにむかって大声で怒鳴り散らす日下部くんは怒りに満ち溢れた形相だった。気の強いマイは睨《にら》み返《かえ》すようにしていて、いまにもツバでも吐きかけるんじゃないかとヒヤヒヤした。

「わかるんよ俺には。アイツの気持ちが。お前にはわからんやろ！」

「…………」

マイが日下部くんを睨んだまま沈黙が生まれた。

「…………やろ」

「は？」

「そんなん、覚えとるわけないやろ」

その瞬間、日下部くんが右手をおおきく振りかぶって、勢いよく手のひらをマイの頬《ほお》にぶつけた。クラスメイトたちはちいさな悲鳴を発した。手を上げた日下部くんは男性陣に取り押さえられ、引《ひ》き摺《ず》られる形で会場後方部へと運ばれた。

「落ちつけ日下部。さすがに酔いすぎやぞ」

「ちゃう！　俺も消される寸前やったんや！」

やめて日下部くん。わかったから、もうそれ以上言わないで。

「葬式抜けてわざわざ来たんや。たのしそうなみんなを見とったら我慢せなあかんと思ったけど、やっぱりアイツだけは赦《ゆる》されへんかった。一発やと気が済まんわ」

ごめんなさい日下部くん。ごめんなさい。ごめんなさい。

「お前らなにも反省してないやろ！」

泣《な》き喚《わめ》く日下部くんの必死の訴えで、私の理性が崩れはじめた。

ダメだ。ここにはいられない。やっぱり来るべきじゃなかった。

数年の時を経《へ》て、みんなの記憶から薄れているかもと心のどこかで期待していた狡《こう》猾《かつ》な自分がいたけれど、そんなはずもなく、元クラスメイトのあいだには明確な亀《き》裂《れつ》が生まれていた。お得意の一体感でなかったことにしていた記憶を、日下部くんはいとも簡単に全員に突きつけた。

私はその場にいるのが怖くなって会場を飛びだした。

あんなにかわいらしかった松田萌は、逃げる私を蔑《さげす》むように横目で睨みつけた。恐怖のあまり、マイのことは見ることすらできなかった。私が出ていくことに全員が気づいていたはずなのに、声をかけて引き止める者はいない。後ろを振り返ることなく、とにかく走った。方角も確認せず、目的地も定めず、ただひたすら走った。目、鼻、口から体液が垂れているのがわかる。それでも拭っている暇はない。足首を挫《くじ》こうが、段差に躓《つまず》こうが、とにかく遠くへ走るほかなかった。全力疾走する大人は物珍しくて好奇の眼差しをむける対象として最適だろうと思ったが、まわりの人間はそんな私にさえ無関心そうに振る舞っていた。みんながみんな面倒事に関わらないことを選択していた。でも不思議ではない。あのクラスで起きたことだって同じようなものだ。その結果、三十人ではじまった二年二組は、二十九人となってその一年間を終えた。

6・F

国内の音楽チャートを席巻《せっけん》し、七週連続一位の記録を叩《たた》きだした『走馬灯』を街中で聞かない日はなかった。歌声からはじまる構成だけに、ふらっと立ち寄ったコンビニで唐突に自分の声が流れるたび驚いてしまっていた。

そんな日常にも慣れてきたころ、関係各所のおえらいさん方を招いた新曲リリースの打ち上げに参加した。表参道にある高級中華料理店のVIP個室、という字面だけでお腹《なか》いっぱいの会場に総勢二十名ほどの関係者が集まってくれた。

まわりの大人たちはこぞってビールを注文したがあたしは烏龍茶で乾杯した。田所さんも烏龍茶にしようとしてくれたけれど、社長が瓶《びん》ビールを持ってきたので従うことにしたようだった。

「若いのにすごいよ。時代変えちゃうねえ」

見覚えはないがおそらく重役なんだろうなという貫禄《かんろく》のある男性に言われた。あたしが戸惑っていると田所さんが代理で応《こた》えてくれた。

「ありがとうございます！　引き続き頑張ります」

田所さんはいつでも愛想《あいそう》のよい笑顔を振りまく技術を持っている。これを技術と呼ぶのはあたし的には褒めていて、自分には到底できっこないと自覚しているからだった。どんな相手に対しても即座に立場を把握して、適切な距離感を保ちながら、不快な思いをさせることなくコミュニケーションをとる。これができる人とできないあたしとの差は一体なんだろうと幾度となく考えてきたけれど、それがわからないからいまもこうしてできないままなのだ。だからこそ余計に、田所さんを尊敬する気持ちはおおきくなる一方だった。

「Fの新曲リリース打ち上げ」とは名ばかりで、気づけばただの飲み会になっていた。

いい。全然いい。そういうものだとわかっている。ただただみんなで集まる理由が欲しくて、ちょうどいいところにあたしの新曲リリースが転がっていた。みんなで集まって、褒めあって、時には傷を舐めあって、そうやって自己肯定感を高めて生きやすくする作業は全員にとって必要なことだ。それに、他人の立ち位置を把握する機会は自分に安心感を与えてくれる。深夜、目が覚めてトイレに行くとき壁を触れるみたいに、そうやって相対的に自分の現在地を測ることでみんな安心している。同窓会なんかはその典型的な例だ。

打ち上げの途中、田所さんはどこかへ行ったきりしばらく帰ってこなかった。

「Fちゃんは憧れのアーティストとかいるの？」

また知らないおじさんに話しかけられたのに、田所さんが近くにいないので自分で答えるしかなかった。極力、会話が広がらないように。

「とくにいないです」

あまりに無愛想な回答におじさんはすこし怪訝《けげん》そうな顔をしたがすぐに綻《ほころ》んで、

「ホッホーこりゃ大物が現れたな」となぜか嬉しそうにまわりの大人たちに賛同を求めていた。

一件落着だと安心していると田所さんがこちらに戻ってきた。長いあいだ席を離れるときは事前に言ってくださいよと冗談っぽく指摘しようとしたところで田所さんがさきに話しはじめた。

「ちょっと、来て」

明らかによくない話が控《ひか》えているのだと瞬時にわかる口調だった。焦りと怒りと困惑が入り交じったような言い方に、「はい」と情けなく返すことしかできないまま立ち上がって田所さんに従った。高級店の廊下はやけに長かった。歩いているあいだ、あたしたちは一言も言葉を交《か》わすことはなかった。

「入って」

店側が特別にほかの個室を融通してくれたらしく、そこに誘導された。

「なにかありましたか?」

「うん、あった」

田所さんにしては珍しい淡々とした回答だった。それがさらに緊急性を引き上げているように感じられた。「ちょっとまだこっちも整理しきれてないんだけど、これ」と言ってスマホを手渡された。画面にはYouTubeが表示されていて、ポップなテイストで描かれたアヒルのお面を被《かぶ》った人物がカメラにむかってしゃべりかけていた。雨のなか、自然豊かな草原に座って傘を差していた。これからよくないことが起こることを本能的に察知した。アヒルのお面の人物はエフェクトのかかった高い声で話しはじめた。

「みなさーん聞いてくださいよぉ。あのねFはね、犯罪者なんです。私ぜーんぶ知ってます」

そう切りだしたアヒルは、べらべらとあたしの暴露をはじめた。

タクシー乗っちゃえばいいのに。と執拗《しつよう》に田所さんに言われるが、好んで電車移動を選んでいる。多くの芸能人やアーティストとちがって顔出しをしていないあたしは世間の目を気にする必要がなかった。

　収録を終え、スタジオから駅にむかって歩いていると必ず六本木《ろっぽんぎ》ヒルズの敷地《しきち》内を通過する。時間に余裕がある日はここで「休憩」することがルーティーンになりつつあった。隅々まで手入れの行き届いた美しい人工建造物は、都会の持つパワーを感じさせてくれる。ここから見えるテレビ局のビルや東京タワーもまた、その一端を担っていた。

　三ヵ月前に投稿された謎の人物による暴露動画は、田所さんが心配したとおりネット上で広く拡散された。あたしのアカウントや事務所には、誹謗《ひぼう》中傷や事実確認の問いあわせが殺到した。最初こそ田所さんに詳しく追及されはしたものの、心当たりがないことをひたすら訴え続けると、まっすぐな眼差しで「信じる」とだけ言って、騒動の早期解決に取り組んでくれていた。

　全面的に否定する文書を発表しても、ネット上では捏造だの隠蔽《いんぺい》だの陰謀だの好き勝手言われ放題だ。あまりの根拠のなさゆえにおおきいメディアがとり上げなかったことが不幸中の幸いだった。

あの暴露動画とあたしに対する好奇の目も薄れはじめたころ、ようやく動画の投稿主が特定できた。弁護士を通じた発信者情報開示請求の結果がようやく出たのだ。投稿主の動機はバカバカしいほどに幼稚で、目立ちたかったから、たったそれだけ。承認欲求丸出しの発言に呆《あき》れて言葉も出なかった。そんなことにあたしの人生が利用された？　目の前に残置されたその事実をいつまで経っても受け入れたくなかった。

特定できたときにはもう世の中の関心は人気俳優の不倫騒動にむいていたし、Ｆは過去になにかしらやらかした人であるという偽のレッテルが残ったままだった。結局、否定の文書よりも虚偽の暴露動画のほうが広まり、あたしの人気はヒットチャート上でもわかるくらいずるずると下降した。

絶望しかない。

どうしてこうも、やられた者が負けになってしまう仕組みなのだろうか。赦せない。積み重なった苛立《いらだ》ちをぶつけるようにして、着ていたパーカーの紐《ひも》をこねくり回した。これがあたしにとって唯一のストレス解消法だった。なんとも無害でかわいらしい癖《くせ》だと思う。考えれば考えるほど呼吸が浅くなって息苦しい。吸い込んでも吸い込んでも酸素が入ってこない。

上手に深呼吸がしたくて、オイルライターをとりだしタバコに火をつけた。一般的にタバコなんてものを吸えば酸素を取り込む効率が悪くなるように思えるが、深く吸って吐く、を繰り返すこの行為は喫煙者にとって深呼吸も同然なのである（という持論があるが実際そんなことはたぶんない）。

街中でのタバコ事情はこの一、二年でおおきく変化した。改正なんちゃら法が全面施行《しこう》されたからである。モラルやマナーではなく、法による規制だった。文字どおり「臭いものに蓋をする」ように屋内は原則禁煙となり、喫煙可能な場所はごくごく一部に狭められていった。それはここ六本木ヒルズも例外ではなかった。東京タワーを一望できていた見晴らしのよい喫煙所はあっけなく閉鎖され、ほとんど人目につかず日光もろくに当たらないような暗い場所に移された。

当初は不満でいっぱいだったけれど、人間というのは、与えられた環境に順応できてしまう。電気を消してもしばらくすると見えるようになるし、放っておけば増税にも文句を言わなくなるし、恋人と別れた悲しみだって時が経てば忘れる。その順応性のおかげで、この追いやられた日陰でも気持ちよく一服できるようになっていた。

あたしのタバコ事情を知っている関係者は田所さんだけ。

それもそのはず。みんながあたしを未成年だと思っているのだから、だれにもバレないように過ごしている。

メジャーデビュー直前、ちょうど通信制の高校に通うことを悩んでいたあたしの背中を田所さんが押してくれた。やさしいなと最初は思っていたけれど、いま思えばそれも田所さんの戦略だったのかもしれない。名目上の女子高生となったあたしのラベルを誇張《こちょう》して、世の中に売ることにしたのだ。

そんな田所さんでさえも「タバコはやめたほうがいいんじゃないかな。歌声にも影響するかもしれないし」と渋《しぶ》い反応を見せてくる。健康を気遣ってくれているのか、Fの素性がバレることを恐れているのか、商品価値としての歌声を維持したいのか本当の理由はわからなかった。

まあ、どこでタバコを吸おうと、まわりの人たちはあたしがFであることに気づかない。

Fの匿名性はあたしを自由にしてくれる。

そうして、ようやく最高の人生がはじまったばかりだった。

それなのに、あの暴露動画のせいで状況は刻一刻と悪化し、気づいたときにはFでいること自体が苦痛になっていた。それは今日もなお続いている。田所さんは投稿主に対して訴訟を起こし、関係者の誤解を解くように日々の挨拶回りを欠かさなかった。投稿主の特定が済んだこともあり、「どこかしらのメディアを通じて世間への説明もしよう」と持ちかけられた。近いうちに機会をつくるよ、と言い残してつぎの挨拶回りのために会議室から足早に去っていった。

あまりに強《したた》かで頼もしすぎる田所さんの近くにいると、自分がちっぽけに思えることがある。なにもできない無能なんじゃないかと自信をなくすことがある。もしそうやって弱音を吐こうものなら「Ｆはすごいんだよ」と田所さんがやさしく声をかけて救ってくれる。

そんな優秀な彼はもうすぐ結婚するらしい。

プライベートのことはほとんど聞くことがなかったけれど、きのう彼がわざわざ報告してくれた。「変わらず頑張りますのでよろしくお願いします」と律儀に頭を下げていた。

あのハンカチの青い鳥は、あたしにではなく、田所さんにしあわせを運んだ。

冷えたビル風がヒューと音を立てながら喫煙所を通り過ぎて、タバコの灰を連れ去った。彼に寄りかかっていたあたしの体重は宙に放たれてしまうみたいだった。

7・越智友香

クリスマス当日にもかかわらず予定ゼロの私は、ファストフード店でフライドチキンを頬張っていた。店内で流れるおなじみのクリスマスソングが、いまの私にはあまりにも皮肉だった。ここ最近はずっとむしゃくしゃしていたので、人目を憚《はばか》ることもなく、怒りの矛先を鶏肉《とりにく》にぶつけるようにして食いちぎった。

怒りのきっかけはネット上に投稿された一本の動画だった。アヒルの仮面を被った謎の人物が「Fは犯罪者である」と暴露した。根拠が語られることもない一分ほどの動画だったにもかかわらず、その一件はＳＮＳや掲示板で大々的におもちゃにされはじめた。かくいう私もそれらを気にしてしまっているのだが、あまりに荒唐無稽《こうとうむけい》すぎる、と心のざわつきを押し殺していた。

ＳＮＳで積極的に騒動に触れるファンもいて、その人をブロックするファンもいて、それに物申しているファンもいた。同じものを好きになった人同士なのに結局全然わかりあえないのがリアルだよな、と店の窓際で悟った。揚げたてアツアツのフライドポテトが沁《し》みた。

騒動は数日かけてすこしずつ拡散されてゆき、事の発端となった動画の再生数にも勢いがつきはじめていた。それでもマスメディアで取り上げられることはなかったので、事務所の圧力で揉み消しているにちがいない派と、確証がなさすぎて報道できないだけだろ派に分かれていた。ついに「犯罪者F」がトレンドワード入りしてしまったためか、その翌朝、所属事務所は声明文を発表した。


弊社所属アーティストFに関するお問いあわせを多数いただいております。インターネット上で語られている疑惑につきましてはまったくの事実無根であり、法的措置をとる予定でございます。


清々しいほどきっぱりとした否定だった。

どこか疑いそうになっていた自分が恥ずかしくてたまらない。

それなのに、事務所が声明文を発表したことで騒動はさらにおおきくなった。事実無根とは言ったものの無実の証明は難しく、あらゆる憶測が語られるようになって収拾がつかない状態だった。考察動画とかまとめ記事みたいな消費のされ方をしていて、ファンとして心苦しい毎日が続いていた。一応プロのライターとして、そういう記事を書くなんちゃってライターの存在を憎らしく思った。

「Fのこと推してたけど降ります」とファンをやめる発言をする者も現れはじめ、界隈はより一層、薄暗いムードに包まれつつあった。降りるなら勝手に降りればいいものを。わざわざ宣言したがるのは所詮、この話題に乗っかりたいだけのライトファン層であろうと気にしないように努《つと》めた。年末の浮かれた空気感に便乗して、みんなあーだこーだ言いたいだけだ。だれがなんと言おうと私はFを信じることにした。それしか生きる希望がないのだから。

究極に暇を持て余す年末が過ぎ去り、今年も帰省することなく新年を迎えた。年末年始になると街には「赤」が溢れ返っている。あっちを見ても赤、こっちを見ても赤、底抜けの鮮やかさに目が痛い。赤から逃げるようにして部屋に引きこもっていても、テレビをつけようものならお笑い特番のセットには賑やかな赤があしらわれていた。

仕事はじめの日、むかいの沢城先輩のデスクには大量の年賀状が置かれていた。これもうっすらと赤い。大型案件を複数託されている先輩は社内外問わず慕《した》われている。ゆえに届けられる大量のお年玉つき年賀はがきは豪華賞品ゲットのチャンスで、先輩は抽選結果をたのしみにしているようだった。去年は味つけ海苔《のり》が当たったので分けてくれた。

最近は先輩からのお誘いもめっきり減った。とくに心当たりはないものの、もともと、誘われる心当たり自体がないのだから納得した。年賀状の数だけ多くの人とのつながりを持つ沢城先輩は今日もあくせく働いていて、こちらから声をかけるのはとてもじゃないけど気後れする。

『ムカつくね』

『ですね』

アカネさんとのメッセージは各々の短文を最後にあの日から途絶えていた。既読無視をされているとわかりながらこちらから連絡するのはいかがなものだろうと悩んだ挙げ句、それから連絡できずにいた。とはいってもツイッターはつながっているし、近況も覗いてはいる。ついこの前、うっかりアカネさんのツイートに「いいね」を押してしまった。通知が届いてしまったら気まずい思いをさせるんじゃないかと焦って、咄嗟《とっさ》の判断でもう一度タップをして「いいね」を取り消したのは我ながらファインプレーだった。はたして、すぐに取り消せば通知がいかないのか、という点においては都合よく解釈した。アカネさんとのあいだに距離ができて早三ヵ月になる。

そんな一月下旬、街の浮かれ具合も落ちつきはじめたころ、二つのニュースが飛び込んできた。

最初のニュースは、例の暴露動画を投稿した人物が特定され、虚偽の内容であることが投稿主本人の口から証言されたことだった。

タイムラインは安堵に包まれ、すぐに情報開示請求をした運営の仕事ぶりを称賛していた。動画が公開された当時、目立ちたがりなファンが「推しを信じるってなにを根拠に言ってるの?」と界隈をザワつかせる発言をしていいねを稼いでいたが、事が解決しそうないま、その人物は何事もなかったかのようにケロッとした様子で「つぎのシングルたのしみ!」と浮かれていた。その身勝手さに辟易した。

その翌朝、さらに驚きのニュースが発表された。

これまでメディア露出を控えていたFが国民的ラジオ番組のパーソナリティとして生出演するというのだ。Fのトークが聴けるだけでも貴重な機会なのに、生放送、である。つまり、同じ時間軸で生きているFをはじめて感じることができる。

ラジオ番組やその聴き方をまったく知らなかったので、「ラジオ　聴く方法」と検索して出てきたアプリをダウンロードした。予習のために様々な番組を聴いてみた。はがき職人と呼ばれる人たちがいて、トークテーマという名の大喜利に答えているようだった。ひとりひとりがラジオネームと呼ばれるニックネームを持っていて、その名前にさえセンスを感じる。テレビでは話せないようなディープな話題も多く、アットホームな雰囲気でいて笑いも絶えない。孤独な深夜のオトモとして好まれている理由がわかった気がした。

Fが生出演する前日、仕事を終え、しなびた大根みたいになって帰宅した。同じ部署の後輩がクライアントを怒らせてしまい、追加作業からの先方にお伺いを立ててからの直帰、かと思いきや自分の作業を途中で止めていたことをギリギリのところで思いだし、会社に戻ったのだった。

なにもしたくなくて、というかできれば液体とか気体みたいになりたくて、ろくに掃除もしていないリビングのラグに寝そべった。この香ばしいホコリのにおいを知ったのはひとり暮らしをはじめてからだ。実家で暇そうにぐーたらしている母親とちがって、激務に追われる私にはラグを気にかけている余裕なんてなかった。ひとり暮らしをはじめるときに間に合わせで選んだなんのこだわりもない安物のラグは、気づけば私よりもこの部屋になじんでいる。うっすらと汚れた空気が染《し》み込《こ》んで、得体の知れない塵《ちり》が降り積もっている。この環境に文句も言わず、おとなしくそこにある。オーブン機能を作動させたことのないオーブンレンジも、吸水力の悪くなった珪藻土《けいそうど》マットもすっかりこの環境に適応したようで、私のための1Kのはずなのに私だけが浮いていた。

キャビネットの上で煌々《こうこう》と輝くチョコタワーを見て、帰りにチロルチョコを買ったことを思いだした。いつもなら真っ先に積み重ねるのに、今日はそれすらも忘れるくらい疲れ果てていた。

癒やされたい願望と面倒くささの狭間《はざま》で揺れた末に、三十七度の湯を張った。森林の香りを謳《うた》う入浴剤が溶けた緑色の湯に身体を沈める。じんわりと温まる心地よさに、湯を溜《た》めた自分を讃《たた》えたくなる。「極みに至る」と書いて至極。まさに至っていく過程を全身で感じた。ただ残念ながら、森林の香りはまったく森林の香りではなかった。田舎で育った私は本物の森林を知ってしまっている。

三十七度の温度設定は、冬にしてはかなり低い。

小学生のころ、母に連れられて地元の温泉に行った。風呂というかほぼプールみたいな広さで、あまりの感動に猛ダッシュで飛び込んだ露天風呂は四十四度にも達する高温だった。かなりのスピード感で、見事なまでのトラウマが完成した。

それはいまだに尾を引いていて、今日もぬるま湯にしか浸《つ》かっていられない。厳しい社会からリタイアしたくなった私と同じだ。

風呂場の窓をすこしだけ開けると冷たい風が入ってきた。わざわざエアコンをガンガンに効かせてブランケットを被るみたいな、背徳感から派生する趣がある。露天風呂もこういうところがウケてるのだろう。

長い時間、湯船に浸かっているのはいいものの、そのあと上がって身体を洗うのが億劫《おっくう》で仕方ない。二十分ほど緑の湯に沈んでいると、部屋のほうから電子音が聞こえた。ソファ脇の充電器に挿したスマホが鳴っているようだ。それも十秒弱。電話だ。

心当たりがまったくないタイミングでの電話ほど不安に駆られるものはない。車の運転中にパトカーが自分の後ろを走っているときみたいに、知らないうちに悪行をしてしまったのではないか、と思ってしまうような怖さがある。

緊急の用事かもしれないので、やむを得ず確認しに行くことにした。水をたっぷり吸い込んだ珪藻土マットに足をのせ、雑に畳んだバスタオルの山から一枚とってザッと身体を拭く。その間も電話は鳴り続けている。床が濡《ぬ》れる覚悟で急いでスマホのもとへとむかった。ぼたぼたと水滴が落ちて「あーあ」とすでに後悔する。湿った手でケーブルを抜いて画面を確認した。

発信者は、三ヵ月ぶり、微妙な距離感のままのアカネさんだった。

「もしもし。おひさしぶりです」

「お疲れっす。知ってるよね？　ラジオの件」

三ヵ月ものあいだ、連絡をとっていないことを忘れてしまったのかと思うくらい、あっけらかんとしたアカネさんのテンションに拍子抜《ひょうしぬ》けした。彼女にとって知りあいとのこのくらいの空白期間は日常茶飯事なのかもしれない。

「もちろんです。嬉しいですよね」

「まあ嬉しいけどもそこじゃなくて。これチャンスだよ」

「チャンス？」

「そう。手がかりになるかも」

生放送は編集することができない。

だからFの素性につながる情報が出るかもしれない。

それを聴き逃さないように一緒にスタンバイしよう。

アカネさんはそう言った。そのあとで、「それと」ともうひとつ、つけ足した。

生放送当日、「せっかくなら集中できる環境で」とアカネさんが手配してくれたビジネスホテルの入口で待ちあわせをした。私は久々の再会に喜びたい気持ちがあったものの、アカネさんのほうはなんのリアクションもなかった。

ホワイトとブラウンの家具で統一された客室は、あまりにも無難だった。部屋の奥にはおおきなマッサージチェアが置かれている。マッサージチェアのことなど知らなくてもわかるくらい、明らかに数世代前の型だ。リモコンのボタン。チェア側面の金属部分。全体的に匂《にお》う「二〇〇〇年ごろに抱いていた近未来感」が、皮肉にも過去のものであることの象徴となっていた。小学校で愛用していた四葉のクローバーとかドラゴンのイラストがあしらわれた裁縫セットみたいな、哀愁のあるレトロさを放っている。アカネさんは「マッサージチェアあるじゃん！」と目を輝かせていた。

放送開始まで残り十五分。

せっかくなのでアメニティの緑茶を淹れて待機することにした。

ヴィンヴィンヴィン、と鈍《にぶ》い音が部屋中に響いている。続いて、フシューと乾いた空気音。アカネさんの足元のエアバッグが膨《ふく》らんでふくらはぎを圧迫している。これからラジオがはじまるというのに彼女が三十分コースのボタンを押したのを、私は見逃さなかった。

「どうですかマッサージ？　もうすぐはじまりますね」

遠回しに中断を促してみたものの、アカネさんは「これ最高」とご満悦だった。

前の番組が終わりCMが流れた。あと一分ほどではじまる。マッサージチェアに座るアカネさんも、耳だけはラジオに集中しているようだった。

番組の軽快なテーマソングが流れはじめた。いよいよだ。この音楽が終盤に差しかかったタイミングでパーソナリティが挨拶をするのが、この番組の定番だということは予習済みだった。気がつくと神に祈るようにして、両手の指を交互に重ねあわせている自分がいた。緊張のせいか次第におおきくなっていく心音に、全身が揺られているみたいだった。心臓がはっきり「ドクン」と言っているのがわかった。

「みなさんこんばんは。アーティストをやっております、Ｆです。今夜はよろしくお願いします」

やばい……。本物だ……。

私の大好きな歌声がずっとしゃべってくれているという状況の神々しさに、かつて体験したことのない広範囲におよぶ鳥肌が私を襲う。屋上にいたあの夜と同じ、理由のわからない涙が、じんわりと噴《ふ》きだすようにして目頭に水溜まりをつくる。意図せず力んでいる口元は小刻みに震え、鼻の穴は拡張して部屋中の空気を吸い込んだ。

ドドドドドとマッサージチェアに肩を叩かれるアカネさんは凛《りん》とした面持ちをしている。ラジオから流れる音声に耳を傾けながらも、なにか別のことを考えているようだった。

ラジオを一緒に聴こうと誘われた電話で、アカネさんが言った。生放送って編集できないじゃん？　Ｆの情報がポロッと出ちゃう可能性あると思うんだよね。ふたりで聴けばなにか手がかり見つけられるかもって思って。それと――

「出待ちしてみない？」

それがモラル違反であることに気づかないふりをして、ラジオ局のそばに位置するビジネスホテルの一室を押さえ、今日このときを迎えた。宿泊する気が一切ないこの部屋でいまこうしてＦの声を聴いている。

かつて男性アイドルへのリアコ経験で磨《みが》き上《あ》げたアカネさんの執着心は熱愛報道をきっかけにへし折られたとばかり思っていた。実際はその反対で、火に油を注ぐように燃え広がっていたらしい。

私はそんな彼女を見てゾクゾクしていた。正直、頼もしいなと思ってしまった。

私の、Ｆに会いたいという願望をアカネさんが叶えてくれる、そんな気がした。

三十分コースの終了を告げるピピピッという音が鳴り、アカネさんはふたたびリモコンを手にとった。「三十分コース・極を開始します」と、機械音声が言う。『極』という名のとおり、さきほどまでと比べ物にならない数のパーツがぞろぞろと動きはじめたのがわかった。全体重をマッサージチェアに預けるアカネさんのその姿は、作戦を翌日に控えた兵士のように勇敢だった。

8・F

「二時間。しかも生放送」

長い歴史を持つ国民的ラジオ番組に出演が決まったと報告を受けた日、田所さんはわずかな達成感を含んだ面持ちでそう言った。暴露動画の否定をする場としてはたしかに最適だ。あたしには贅沢《ぜいたく》すぎるくらいだ。でも経験の浅い自分にそんな大役が務《つと》まるとは思えず、「なるほど……」と渋いリアクションを返してしまう。

「ごめん、間違えたね。番組のファンとして浮かれてた。不安にさせて申し訳ない」

「いえ……こちらこそ、すみません」

「本番までにしっかり準備して、安心してもらえるように頑張るから」

「あたしも頑張ります。あと……ありがとうございます。こんな機会をつくってくれて」

田所さんは宣言どおり、忌々しい虚偽暴露騒動についてまとめた原稿をつくってくれた。

この日のために新調した抜群の肌触りの黒いパーカーを着て、人生初のラジオブースに入った。

部屋の中心で存在感を放つおおきい木製テーブルからは、チンアナゴみたいに数本のマイクが放射状に頭を出している。そのマイクの数だけイスが並べられていたが、これから使うのはひとつだけ。二時間の生放送を無事にひとりでやり遂げられるのか、開始時刻が近づくにつれ不安が募《つの》っていく一方だった。

ひとまずADさんに指示された席に腰かける。ブースの壁に大々的に掲示されている主張の激しいパネルには「緊急地震速報対応マニュアル」と、見るからに仰々しい文言が記されていて、それがより一層あたしの不安を掻き立ててくる。もしも生放送中に地震があったら冷静にこれを読まなくてはならない。どうか揺れませんようにと不純な動機で願うしかなかった。地震以外にもトラブルが発生したり、余計なことを言ってしまったらどうしよう。さらに炎上したらどうしよう。平然と生放送をやってのける人たちの勇敢さを体感した。

実物をはじめて見たのに謎の既視感がある「ＯＮ　ＡＩＲ」と書かれた赤いランプが点灯して、生放送がはじまった。

番組冒頭に経緯説明の時間が設けられ、田所さんがつくってくれた原稿を丁寧に読み上げる。聞き手の顔が見えないことが心配だったけれど、ガラスを隔《へだ》てたむこう側にいる田所さんのおかげであたしの平常心は保たれた。その調子、その調子、とあたしの発言のひとつひとつを拾うようにして穏《おだ》やかに頷《うなず》いてくれていた。

無事に原稿を読み上げると、またもや無意識にパーカーの紐をいじっていたらしく、しかもまあまあな力の入り具合だったらしく、丁寧に結ばれた紐の端は解《ほっ》れてしまっていた。B級ホラー映画で見たことのある「強大な呪いから持ち主を救ったお守り」みたいに天寿を全《まっと》うした雰囲気が出ていた。

「ラジオネーム叶星さん。『Fさんって実在するんだ、と感動しながら聴いています。音楽でしかFさんのことを知らないので、差し支えなければFさんの人間らしい一面を教えてください』というお便りをいただきました。ありがとうございます。人間らしい一面ですか。そうですね。わりと料理が好きなほうで、スーパーでお買い得品を見つけるとテンションが上がったりします……こういうことで合ってますかね？　とはいってもつくるのが面倒なときもあるので、コンビニとかマクドとか積極的に活用してます。カップ麺とかも結構好きです。常備しておくといざというときに大助かりですよね。てか待ってください。これを人間らしいと言っていいものなんでしょうか、間違ってる気がしてきました」

ハハハハとお手本のような放送作家の笑い声が聞こえる。

そうか。この笑い声は面白さを増大させるだけでなく、場の空気をよくすることで演者を安心させ、さらに話を引きだす効果もあったのか。

ひとしきり感心して、無事に本番を終え、楽屋へと戻った。

田所さんは「お疲れ様。早速ニュースサイトでもポジティブに取り上げられてたよ。大成功！」とご満悦な様子でペットボトルを差しだした。それを受けとってカラカラに渇いた喉を一気にうるおした。

「マクド」

「はい？」

「マクド、だけよくなかったね」

なるほど、なにを言おうとしているのか理解した。地域ごとの「マクドナルド」の呼び方のちがいのことだ。たしかに素性を明かしていないあたしにとっては迂闊《うかつ》な一言だった。たった一度の発言でさえも聞き漏らすことなく記憶している田所さんはやはり侮れない。

間違いなく過去一の大仕事を終えた自分を労うために、今夜はゆっくり湯船にでも浸かろうと意気込む。実家から送られてきた荷物のなかに一包五百円もする湯の花入浴剤が入っていたはずだ。安物の入浴剤では味わうことのできない本物の硫黄の匂い。あまりに贅沢に思えて開封することを躊躇《ためら》っていたけれど、今日使わなくていつ使う、と自信を持って言い張れるくらいには疲労困憊《ひろうこんぱい》だ。いつもは遠慮するタクシーさえも手配してもらうことにした。

「あと何分くらいで来ますか？」

田所さんに尋ねた。彼は困惑の表情を浮かべながらアニメキャラさながらに後頭部をポリポリと掻いている。

「実は出待ちがいるみたいで。まだ呼べてないんだよね」

まるで芸能人みたいだ。あたしを出待ちする人がこの世にいるのか。姿を見られることは避けたいが、どんな人が待っているのかは見てみたい。戸惑う田所さんには申し訳ないと思いつつも内心ちょっと嬉しかった。

「出待ちなんて気にしないからいいのに」

言いながら、照れ隠しをするように笑みを浮かべてみた。自分の身に降りかかるこういう芸能人っぽいイベントでいちいちミーハー心が出てしまううちは、まだまだ自惚れていないないなと安堵する。

一時間ほどして、ラジオ局の表口にいた数人のファンがようやく帰ったらしい。タクシーをつける裏口にはふたり組のファンがおり、まだ迎車手配はできないと言われた。こういう日くらい仕方ない。ラジオ番組生出演のプレッシャーから解放されたばかりのあたしは寛大な心を手にしていた。どうせ顔出しをしていないのだからファンに見られたとて本人かどうかわからないだろうに、二月の極寒のなか、あたしを待ち続けてくれている人たちがいるなんて。

「そういえば、パーカーまたやっちゃってるね」

「気合い入れようと思って買った新しいのなんですよ。しかも珍しくいいとこのやつ。呆れちゃいますよね」

ひたすら待つしかなく、煎茶《せんちゃ》を飲みながら楽屋で田所さんと雑談を交わす。さすがの彼も、正念場を乗り越えたことに安心したのか疲れた様子を見せていた。

いつぶりだろう。こんなにゆったりとした時間をふたりで過ごすのは……。

振り返れば、デビューしてから今日までひたすらに慌ただしく時が流れるばかりだった。高校二年の冬、はじめて動画を投稿したときはまさかこんな日々が訪れるとは予想だにしていなかった。すこしずつ聴いてくれる人が増え、田所さんに声をかけてもらい、作詞にも挑戦して、Ｆは日に日におおきくなった。まるであたしが別人になったみたいにいろんなことが変わっていった。人間関係も住む場所も生きる世界も、それから名前も。でもあたしはそれを渇望していた。

むかいの壁に備えつけられた鏡にふと目をやる。こんなにもあらゆるものが変わったというのに、見た目だけはほとんどなにも変わっていなかった。だらしなく伸びた髪が顔の輪郭をなぞっている。メイクもろくにせず唇の血色もよくない。挙げ句の果てには、解れたパーカーの紐だ。あのころから変わらない見た目のあたしがこちらを見ている。

それから鏡のなかの彼女は隣の田所さんを見つめた。田所さんはタレ目をいつも以上に蕩《とろ》けさせて、いつでもタクシーを呼べるようにとスマホを両手で握ったまま、うとうとしていた。頼もしい彼の細長くおおきな背中は、敵から身を守るように丸まっていて赤ちゃんのように愛らしく、この子を外界から守らなくてはならないという母性を掻き立てた。それを見守る鏡の奥のあたしは、切なげな目をしていた。

もしも彼とちがう出会い方をしていたら……そんなことを想像して急いで思考を止める。

もしもなどと、そこにないはずの希望に縋ってはいけない気がした。そんなことをしたってなにも満たせないのだから。はじめて抱いた得体の知れぬ感情に戸惑い、流し込むように煎茶を呷《あお》ると、わずかに残っていたぬるい液体だけが口内に入ってきた。

9・越智友香

「もしも、Fに会えたらなんて言う？」

ラジオ局前で出待ちをはじめて一時間ほどが経ったころ、冷たい風に耳を赤く染められたアカネさんがぼそっと言った。そのあいだもこちらに視線をやることはなく、物陰に隠れたまま裏口のほうを注視していた。数分おきに関係者らしき人物が様子をうかがいにきているが、Fは一向に現れなかった。だから私たちは帰ったふりをして、そばにある違反駐車のセダンの陰に身を潜めた。

もしも、Fに会えたら……。

そんなことは最初から決まっている。屋上でFに出会ったあの日から。「以前もお話ししたとおり、ありがとうございますって伝えるつもりです」と私は回答した。

昂《たか》ぶる感情をいよいよ抑えきれなくなって、私はアカネさんに吐露した。

「私、Fに救われたんです。それはもちろん精神的な意味でもあります。けどそれだけじゃないんです。お恥ずかしい話ですが、アカネさんに出会う前、死のうとしたことがありました。職場の屋上から飛び降りて、です。いま思えば迷惑な話ですが、あのときの私はすべてがどうでもいいと思っていました。なんのために生きているのかわからなくなったんです。

それなのに、私は死ねませんでした。屋上でＦの歌声に出会ったからです。奇跡だと思いました。Ｆの歌声を聴いていると、みるみるうちに世界が浄化されていく気がしたんです。だから、ありがとうございますと感謝を伝えたいです」

アカネさんはファサファサのつけまつげに飾られた目をさらにおおきく開いてこちらを見ていた。彼女はもっと気軽な気持ちで尋ねたのだろうと反省し、すみません、とちいさく補足した。

「びっくりした……。没落さんがそんなにしゃべってるのはじめて見たかも。しかもプライベートなこととか絶対教えてくれなかったから余計に。教えてくれてありがとう。没落さんの気持ちは正直全然分かんないけどさ、でも、よかった。Ｆに出会えて」

アカネさんはいつもどおり飄々《ひょうひょう》としていて気を遣う様子もなく言った。それがむしろ素直な言葉だと感じられてとても心地よかった。私だったら無理にでもフォローにまわっていたかもしれない。到底理解できるはずもない他人の心を踏み荒らすように、あれこれ深掘りしようとしていたかもしれない。それが人のためになる「よいこと」だと勘ちがいをして大袈裟《おおげさ》にむきあっていたかもしれない。

突然、アカネさんが「あ！」と声を上げた。

きらきらと派手なネイルが光る指で裏口のほうを差していた。その先には迎車のランプを灯《とも》したタクシーが停《と》まっていた。乗務員が車から降りてすぐそばに立ち止まり、乗客を待っているようだった。

Fが乗るタクシーだろうか。もうすぐ本人が現れるかもしれないと思うと身体中がむず痒くなり、血液が活発に駆け巡っているのを感じた。寒さも忘れ、ひたすらに体温が上がっていく。心なしか吐く息の白さが濃くなっているようだった。

裏口の重厚な扉が開き、背の高い細身の男と全身黒い服装の女が出てきた。

いざFらしき人物を目の前にすると、どうしてよいのかわからなくなってしまい、前にも後ろにも足を動かすことができなかった。ドラマで見たことのある「運命の瞬間」みたいにスローモーションに感じるわけもなく、じっと立ち止まっているだけで等速にそのまま時が過ぎた。すると視界にアカネさんがフレームインしてきて、彼女はタクシーにむかって勇ましい足取りで進んでいく。つられるようにして私も足を動かし、彼女の背中を追った。タクシーに乗り込もうとするふたりはこちらに気づいていない。すかさずアカネさんが声をかけた。

「Fさん！　応援してます！　大好きです！」

私は歩みを速めてより近づこうとした。黒ずくめの女はタクシーのドアに手をかけたまま私たちのほうを見た。隣にいるつき添いの男はあたふたした様子で彼女になにやら耳打ちをしている。そして女はアカネさんにちいさく会釈をした。すこし先にいるアカネさんの背筋がおおきく伸びたのがわかった。

やっぱり、Fだ。

ついにFをこの目で見ることができた。

想像していたより小柄でかわいらしい。夜に紛れられる黒い服装がFらしいなといまさらながらに思った。顔立ちはここからでは確認できない。もっと近くで見たい。つき添いの男はマネージャーだろうか。できる限りFの姿を覆い隠すような挙動をしていた。

私はさらに歩みを速め、ほぼ小走りになっていた。男がその様子を見て、慌ててFをタクシーに乗せようとしたとき、アカネさんがふたたび口を開いた。

「この子もFさんのファンなんです！　一言だけ聞いてあげてください！」

アカネさんは、ほら、といった顔で私を見た。まるでマラソンをしたあとのように、肩を上下におおきく動かして白い息を吐きだしていた。街灯の光を目に宿しきらきら輝く彼女の目はうるんでいて、やさしく温かかった。その表情を見るだけで勇気をもらったような心地になり、うん、とちいさく頷いた。

ありがとうございます、と伝えるだけでいい。贅沢は言わない。それだけで私は報《むく》われるのだから。生きてみようと思わせてくれたＦに最大限の感謝の想いを伝えられたら、もうそれ以上、望むことはないだろう。

私はさらに三歩ほどＦに近づいて強く息を吸った。私たちを制止しようとするマネージャーらしき男をなだめるように、Ｆが手のひらでジェスチャーを送った。

そして、Ｆは私の顔を見た。アーティストのライブでよくある勘ちがいなんかじゃなく、本当に、私のことだけを見ていた。

はじめて会うはずなのに、なんだか懐かしさを感じた。Ｆから滲《にじ》み出《で》る包容力に、本能レベルで安堵していると、こちらを見て穏やかにほほえむＦの口角が、感情を失ったみたいにまっすぐ引かれた線に変わった。

まばたきが止まり、息を吸ったまま硬直していた。すかさずマネージャーらしき男がＦに声をかけたが、彼女はそれでも動こうとしない。トントンと肩を叩かれてもまったく動かない。Ｆの着た黒いパーカーの紐だけが、催眠術に使われる五円玉みたいにゆらゆらと揺れていた。片方だけが解れたその紐に、なぜか強烈な既視感を覚えた。

なんだろう……。遠い昔、どこかで見たような気がする。

私はもう一度、止まったままのＦの顔を見た。

日光を知らないみたいな白い肌。先端がちょこんと高い、こぶりな鼻。やがて口元はガクガクと小刻みに震えはじめ、目は液体でたっぷり満たされていた。

私はなぜか、この表情を知っている。この顔も知っている。

真冬の冷気に反してすべての毛穴から嫌な汗がわいて出てきた。汗は額を一瞬で埋め尽くし、ひとつひとつのまとまりとなって頬を伝い落ちた。かといってどうすることもできず、口を動かすことも手を動かすこともできず、背後から聞こえるアカネさんの声を理解することもできず、彼女の姿を凝視し続けるほかなかった。

私を救済してくれたＦ……いや、「町田《まちだ》さん」の怯える姿がそこにあった。

町田さんに出会ったとき、私たちは高校二年生で、同じクラスだった。

名前の順で決められた指定席は、教室を縦に二つ折りにしたときの線対称の位置だった。

彼女はクラス分け直後に書かされた自己紹介用の紙に『座右の銘：とくになし』などとぶっきらぼうで面白みのない回答をするようなタイプで、積極的にだれかと友好関係を築くタイプではなかった。教科書を忘れたときでさえも隣の席の男子に見せてもらおうとせず、それに気づいた先生が口うるさく注意していた。昼食のチャイムが鳴ると教室からいなくなるし、部活にだって所属せず、放課後になるとそそくさと帰ってしまう。でも「ひとりぼっち」というよりは、「一匹狼《いっぴきおおかみ》」という言葉がしっくりくるような生徒だった。

私はそんな町田さんのことが、なんとなく気になっていた。いつも母の顔色をうかがっていた私は、自由に生きている彼女をカッコいいと思っていたし、お近づきになりたいとも思っていた。そうすれば、私も人目を気にせず生きる術を手に入れられるような気がした。

彼女はほとんど毎日パーカー姿で登校をしていた。左手を胸元にくっつけてパーカーの紐をいじる姿が印象的だった。授業中も休み時間もその手遊びをしていたから、左の紐だけよく解れてしまっていた。このクラスのなかで私だけがそれに気づいているみたいで特別感があって嬉しかった。

新学期を迎えて三ヵ月が経ったころ、クラスメイトたちの「役割」が固まりつつあるのを感じた。小テスト直前、丁寧にまとめた授業ノートに集《たか》られている生徒。休み時間ごとに豊満な胸の贅肉《ぜいにく》を揉みしだかれる生徒。こそこそと漫画を描いて、男子に取り上げられた挙げ句に腐女子バレした生徒。なぜか席替えのたびに最後列を獲得し、先生から不正を疑われる生徒。いつも大袈裟な寝癖をつけて登校する生徒。通りすがりの男子のズボンを下ろすことにハマりすぎて半径一メートルに人が寄ってこない生徒。先生に当てられるたび、珍回答でクラスを盛り上げる生徒。目立ちたいがゆえに道端《みちばた》の雑草を食べる生徒。町田さんは、だれとも話そうとしない寡黙な生徒、だった。

そんなふうに「役割」が固定化していく教室で、異質なクラスメイトがいた。陸上部と茶道部と写真部をかけ持ちし、どの部活においても優秀な、才色兼備な生徒。一時はその「役割」が与えられたはずだったのに、部活をすべて辞め、勉強に全力投球をするようになった。県内上位の成績をとって表彰されると、つぎはボランティア活動に励《はげ》んでいた。たった三ヵ月のあいだにめまぐるしく変わっていく彼女には「役割」を付与することが困難で、むしろその柔軟さこそが「役割」なのかもしれないと思った。

それが、マイだった。

私はマイに憧れた。自由にのびのびと、変化を続ける様があまりにカッコよかった。全力でいまを生きているマイのことが好きだった。勉強もできて、運動もできて、容姿も美しくて、彼女が持っていないものはなにひとつとしてなかった。私もマイみたいになりたい。そう思いはじめたときには、町田さんへの興味は薄れていた。

夏休みを目前に控えた七月のなかごろ、「友香ちゃん、ちょっといい？」とマイが私に話しかけてくれた。親しい間柄でもないのに名前を覚えていてくれて、ドキドキした。嬉しさで赤面しそうになるのをどうにか抑えようと努めた。

「これからライブ観に大阪まで行くんよ。しかもめっちゃ好きなバンドの。あのGEMS《ジームス》！　人気すぎて全然チケットとれへんねんけど、平日の公演に申し込んでみたら当たってん！」

マイは無邪気に笑ってみせた。あまりの勢いのよさに返事をする隙がない。それでも、マイが私に語りかけているという事実が、ただただ嬉しかった。あわよくば一緒にライブへ行ってみたい。実は同行者にドタキャンされてしまって、チケットが一枚余っていたりしてほしい。お願い、神様。私はマイと仲よしになりたかった。

「それでいますぐ学校出んと間に合わんくて……ほんまにごめんやねんけど、日直、代わってくれへんかな？」

私は笑顔のまま落胆した。神様なんかいなかった。

そりゃそうだよな。そういう事情でもないとマイが私に話しかけてくるはずがない。浮かれていた数秒前までの自分を恥じた。ええよ、と言うとマイはニカッと白い歯を見せて、軽快な足取りで教室から飛びだしていった。本当は悔しかったけれど、マイの願いを引き受けた。床に貼られたテープのガイドに沿って机とイスを微調整した。マイはきっと丁寧にこの仕事をやるだろうから、いつも以上に入念に揃えるよう心がけた。

GEEMS、とか言ってたっけ。口ぶりからして有名なのだろうけれど、私はそのバンドを知らなかった。共通の話題があればマイと仲よくなれるかもしれないと思って、帰り道にTSUTAYA《ツタヤ》に寄った。学校から家までは自転車で三十五分。その道中はガソリンスタンドとかローカルスーパーみたいなつまらない店ばかりで、この町で唯一、娯楽を感じられるTSUTAYAはちょうど中間あたりにあった。

CDコーナーの「し」のエリアにGEEMSのアルバムが四つ置かれていて、そのうち二つは貸しだし中だった。残った二枚を手にとってカウンターへむかったものの店員の姿が見当たらない。どうしようとしばらく困っていると、ピンク色ののれんの奥から男性店員が出てきた。気怠《けだる》げにバーコードを読みとり「二点で五百七十円になります」と言われ、小銭入れのチャックを開くと百円玉が四枚しか入っていなかったので、上に重ねられたほうのアルバムだけレンタルすることにした。母にお小遣いを前借りして後日また来るという手もなくはなかったけれど、あれこれ聞かれるのが面倒で我慢することにした。

夏休みの期間中、とくに予定もない私はネットでＧＥＥＭＳの情報収集に没頭した。借りてきたＣＤをパソコンに取り込んで延々と聴き続けた。イントロだけでタイトルを当てられるようになるくらいにはなったが、ＧＥＥＭＳを好きになったわけではなく、マイとの話題をつくることだけが目的だった。

待ちに待った二学期がはじまった。教室でマイに話しかけるのは難易度が高いので、登校する彼女と偶然を装って鉢合わせする作戦を決行した。朝はやくに家を出て、学校の駐輪場がギリギリ見える物陰に身を潜めてマイを待った。始業のチャイムが鳴る十分前になってようやくマイが姿を現した。夏休みに熟成させた募る想いを抱きしめて、彼女に声をかけた。

「マイちゃんひさしぶり！　こないだのライブどうやった？　ＧＥＥＭＳのライブと

かめっちゃ羨ましい。私も行きたいんやけど、やっぱりファンクラブとか入ったほうがいい？」

マイは表情を綻ばせ、まっすぐな目で私を見つめた。同志を見つけたかのように、そこから目を離さぬように。

大成功だ。

マイがなにかを言おうと口を開いた、そのときだった。彼女の後方から三人の女子生徒が全速力で自転車を漕《こ》いでやってきた。

「マイ、チャリ漕ぐんはやすぎるって」

「ほんまそれ。プロなれるんちゃう？」

「なんのプロ？」

「ママチャリのプロ」

私が出したことのない高い音域で、ケタケタ笑いながら話す彼女たちは同じクラスの生徒だった。マイは私にむかって話すのを中断して、仲睦《なかむつ》まじそうに彼女たちと会話をはじめた。

そうか。そうだよな。マイみたいに完璧な子と友達になりたい人間なんて、ごまんといるよな。私はなにを勘ちがいしていたのだろう。当たり前のことにいまさら気づいたマヌケな顔をして、このあとどうすればよいのかわからないまま駐輪場にぽつんと佇んでいる。私の自転車のかごにある雑貨屋のかわいい紙袋には、マイにあげるためにとっておいた雑誌の切り抜きが数枚入っていた。

マイと彼女たちは隣同士に自転車を並べた。私も空いたスペースを適当に見繕《みつくろ》って自転車を駐め、マイたちに背をむけて校舎へと歩きだした。

「友香ちゃん！」

後ろからマイの声がした。私の名前を呼んでいる。振り返ると、マイがこっちに駆け寄ってきた。マイのさらさらと細長い黒髪が風になびいていた。

「GEEMS好きなんやったら言ってくれたらええのに。今日いっぱい語ろ！」

はっきりと私の目を見て言った。……これは私の妄想かなんかですか？　頭がおかしくなってしまったのでしょうか？　想像以上の進展に頭がくらくらして、そこに立っているのがやっとだった。その日から、私とマイは学校で一緒に過ごすようになった。

マイと仲よくなってからわかったことがいっぱいあった。たとえば、マイのお弁当はすべて母親の手づくりで、冷凍食品特有のなんともいえないあの風味さえも彼女は知らない。意外にも朝にめっぽう弱いらしく目覚まし時計を三つセットしている。リンス以外にもトリートメントというものが存在することもマイが教えてくれた。父親が単身赴任で全国あちこちを転々としていて、各所の名産品について詳しい。いちばん驚いたのは、この町で比較的栄えているエリアの土地を、彼女の祖父が所有していることだった。

あの日、駐輪場で出会った萌、すみれ、千夏《ちなつ》、それからマイと私の五人組で一緒に過ごすようになった。話題の中心にはずっとマイがいて、彼女が体調を崩して欠席した日はみんなが物足りなさを感じていた。「マイはやりたいことある？」「マイはどう思う？」「マイがそう言うなら」と、私たちはみんな彼女が中心だった。だれもわざわざ言葉にはしなかったけれど、たぶん全員がマイに、少なからず憧れを抱いていたんだと思う。みんなで同じ漫画にハマって、同じタイミングで飽きて、つぎの娯楽をマイが見つける。漫画だけじゃなくて、アイドルとかキャラクターとか占いとか、いろんなものにみんなで没頭した。それを繰り返している時間は、田舎町に住んでいることを忘れさせてくれる。数ヵ月前までのつまらない生活のことなんてなかったかのように、きらきらと輝く青春の日々をひたすらたのしんだ。マイが笑えばみんなも笑い、マイが悲しめばみんなも悲しむ。マイと私たちはまるで、ドロドロに溶けて境目のわからなくなった液体にでもなったみたいに、あらゆる感情を共有した。

そんなしあわせな日々も長くは続かず、ある日を境に暗雲に覆われた。

音楽雑誌の読者プレゼントで一名様にＧＥＥＭＳのサイン色紙が当たるという企画で、マイは見事にその幸運を勝ちとった。マイが厳重に梱包《こんぽう》されたそれを学校に持ってきて、私たちの前で開封してくれた。宝箱を開けたときに漏れる神々しい光を浴びるように、私たち五人は目を輝かせた。

「やばいやばいやばいやばいやばいウチが泣きそう！」

「待って。千夏もう泣いとるやん」

「しかも『マイちゃんへ』って書いとる。すごすぎ！」

千夏と萌とすみれが口々に言った。私は昂ぶったこの感情を言葉にできず、おおきく息を吸い込んだまま、吐きだすことを忘れていた。私自身はＧＥＥＭＳのことを好きになってはいないから、サイン色紙を見て感動したわけじゃない。マイがずっと応援している人、でも会うことはできない人、住む場所も世界も全然ちがう遠くにいる人に、マイの想いが届いたような気がしたからだ。マイのほうを一瞥すると、彼女は実年齢よりもうんと幼《おさな》い少女のような顔つきで、感動のあまりいまにも泣きだしそうだった。

その日の私たちの話題は、サイン色紙とＧＥＥＭＳのことで持ちきりだった。一部のクラスメイトたちはマイの興奮をなんとなく感じとっていたらしく、「マイちゃんよかったね」「おめでとう！」と口々にマイを祝福した。

中庭でお弁当を食べてちょうど眠くなった五時間目は古文だった。私は古文が大の苦手だった。なぜ昔のことを学ばなければならないのか理解できないからだ。日本史だって、世界史だってそう。私はいまを生きているのだから、もっとのびのびと将来のことだけを考えていたいのに。「ご近所さんとはおばあちゃんの代からのおつきあいなんやから、しっかり挨拶しなさい」と母が私に説教するみたいに、過去のしがらみを背負わされたような気分になる。そんなことは私には関係ないのに。私の人生は、私が決めたいのだから。

意味を理解しようとはせず、ただテストの点数をとるためだけに板書をノートに書き写した。そんなモチベーションじゃ五時間目をやり過ごすのは難しくて、私は頭を机につけて見事に寝落ちした。

心地のよいまどろみのなかにいると、ふいにだれかが甲高《かんだか》い声で「キャ」と叫び、その直後にガシャンと物音が響いた。朦朧《もうろう》とした意識のままゆっくりと頭を上げると、クラスメイトたちの視線が教室の後方に集中していたので、ぼんやりしながらその視線の先を追った。

……マイ？

マイは自分の机を凝視したまま、力んだ両手で口元を覆い隠して、イスを倒して立っていた。異常事態を察した教室がどよめき、クラスメイトたちは前後左右の友人とささやきあっている。それを制止するように先生が声を上げた。

「どうしたんや！」

マイは答えない。か細い声が「ひっ……ひっ……」と漏れ出るばかりで、その様子がみんなをより不安にさせる。

友人としてすぐに駆け寄るべきかと思ったけれど、授業中に立ち上がってもいいか、咄嗟の判断ができなかった。先生が教壇を離れてマイに近づく。「一回落ちつこか」と先生がなだめても、マイの呼吸は整わない。不安定な呼吸のまま、マイが口を開いた。

「色紙が……ないんです」

GEMSのサイン色紙にちがいなかった。さすがにいても立ってもいられず、私はマイのところに駆け寄った。先生を肩で押しのけて、サイン色紙をしまっていたマイの机の奥を覗くと、ついさっきまで話題の中心にあったはずのそれは、忽然《こつぜん》と姿を消していた。

授業の終わりを告げるチャイムが空元気に鳴り響いた。

休み時間、すみれと私は教室の後方の空いたスペースで咽《むせ》び泣《な》くマイを慰め、千夏と萌は色紙を捜索した。鞄のなか、教室のロッカー、昼休みに行った中庭とそのルートにもなかったらしく、その報告を受けたマイはついに細い脚で自分の体重を支えられなくなり、勢いよく頽《くずお》れて、ニスでコーティングされた床に膝を打ちつけた。マイの泣き声に共鳴するようにして、いよいよ堪えきれなくなった萌とすみれが泣きはじめた。私と千夏は三人を背後から抱きしめるような陣形になり、彼女たちの背を撫でた。クラス中の視線が集まるのを背中で感じる。みんなも黙ってないで助けてくれればいいのに。私たちがいる教室後方にはだれも近寄ろうとしなかった。

すると、町田さんが廊下から教室へと戻ってきて私たちのところで立ち止まった。彼女はたじたじと困惑した様子で言った。

「ごめん。ちょっと通してくれる?」

廊下から町田さんの席の直線ルート上に、私たちはしゃがみこんでいた。なにがあったのか知らなくとも状況を察して遠回りをしてくれればいいのに、一匹狼な町田さんは場の空気を読めなかった。

「ごめんな。マイが大事にしてたサイン色紙が失くなってしもて……」

私は率先して町田さんに状況を伝えた。彼女に申し訳なさを感じてほしくなかったから、できる限り朗《ほが》らかに話した。

「ごめん。なにも知らんと図々しいこと言って……」

「大丈夫、大丈夫。こっちから通ってくれる？」

私は立ち上がってひとり分の通路を空けた。そこを町田さんが通過しようとした瞬間。

「なあ、待って」

さっきまで咽び泣いていたはずのマイが声を上げた。

「わざわざここ通らんと遠回りしてくれたらええやん」

「ごめんね。なにがあったのかよくわかってなくて」

マイに萎縮した町田さんが、それを掻き消すようにぎこちない笑みを浮かべる。

「なにその態度。てか、なんでヘラヘラ笑っとるん？」

その声には怒り以外の感情は含まれていなかった。

「笑ってないよ！　絶対に笑ってなんかない」と町田さんが反論する。

「は？　笑っとったし。友香も見たやんな？」

剛速球のキラーパスが飛んできた。どう答えるべきかわからない。というより、どちらの味方をすればよいのかわからなかった。狼狽《うろた》える私にしびれを切らしたマイが「あーわかった。そういうことか」と続けた。

「町田さん、私の色紙盗《と》ったやろ」

マイ、なにを言ってるの？

町田さんはそんなことしないよ。彼女はそんな子じゃない。そう心から思っているはずなのに、言葉を発することはできなかった。

「盗ってないよ！　あたしのせいにせんといて」

「返して！　はやく！　泥棒！」

涙を一気に涸らしたマイは威勢よく立ち上がり、町田さんの腕を摑んだ。町田さんが手を振り払おうとしてもマイは力を弱めない。むしろギリギリと音を立てるように力を入れる。私とすみれと千夏と萌は、黙ってその様子を見ていることしかできなかった。

町田さんの口元が小刻みに震え、目元に涙が溜まる。

私はこのときの表情を、いまでもずっと覚えている。

正直、それからのことはもう、あまり思いだせない。

ただひとつだけたしかなことは、あの日をきっかけに、私たち五人は毎日のように町田さんにいやがらせを繰り返した。いいや。いやがらせと呼ぶには保身が過ぎる。あれは完全にいじめだった。五人対ひとりの、いじめだった。

それなのに私はもうその当時のことをほとんど覚えていない。本能的に記憶を消してしまっているみたいに。マイが私たちになにを言って、私たちが町田さんになにをしたのか。それに町田さんがどんな反応をしたのか、なにも覚えていない。

たしか三学期がはじまったタイミングだったと思う。町田さんは転校した。私のせいだ。マイたちと一緒に彼女をいじめたりしなければ——あの日私が、町田さんは笑ってなかったと守っていれば、こんなことにはならなかった。私たちの愚行を静観していたクラスメイトたちは、彼女の転校の理由を察していたにちがいない。「おうちの事情で」と説明する担任だけが、本当の理由を知らなかった。

町田さんとの一件でいじめが常習化してしまったマイのつぎなるターゲットは、そのときクラスで立場の弱そうな日下部くんだった。さすがに怖くなった私はマイたちと距離を置こうとしたけれど、彼女たちは強引に私を引き止めた。なんか最近冷たいよね、とても寂しいみたいな被害者ぶった顔をして私が離れることを許さなかった。できるだけ加害者にならないように、そしてつぎのターゲットにならないように、悪目立ちしないことを心がけて過ごした。

クラスでの支配力がおおきくなったことで自己顕示欲を満たしていたマイは、いじめの発端となった肝心の色紙がどこへいったのか、すっかり興味を失っていた。

10・F

ひたすら没頭するほかなかった。

予定されていたスケジュールよりもはやく、新曲の歌詞を書くことにした。なにかに夢中になっていないと余計なことを考えてしまうから、その作業がいまの自分にはちょうどよかった。

ひとり暮らしにしてはそこそこ広いベランダに木製のテーブルとチェアを置いて日光を浴びながら歌詞を書くと、体内で渦巻く負の感情が中和され、作業が捗《はかど》ることに気がついた。最初は一行を書きだすだけでも苦労したものだけれど、経験を重ねることにすらすらと書けるようになったと思う。うまくなったかどうかはさておき、「歌詞」というものの固定観念に囚《とら》われてしまうことはなくなった。自分のなかからわき出てくる想いをそのまま文字に出力してみることの重要さを心得た。悲しみとか怒りとか、あたしはそういう感情からしか書けないこともわかった。

だから、いまこそ書くべきだ。

ラジオに出演したあの日、出待ちをしていた越智友香に遭遇して抱いた感情を書くべきだ。

あの子だと理解した瞬間、脳が凍《こお》りついた。なぜか耳からの情報が遮断され、身体を動かすこともままならなくなった。田所さんがあたしになにか言っている気配を感じたけれど、そちらをむくことができなかった。まばたきを忘れたあたしの目が、あの子を捉えて離さない。あの子は一歩ずつこちらへとむかってきた。脚に意識を集中させるようにして、ゆっくりと一歩、また一歩と必死に近寄ろうとしていた。青褪《あおざ》めた顔はあまりに醜《みにく》く、餌《えさ》に群れる金魚みたいに口をパクパクさせていた。ゾンビのように腕を前に突きだしてにじり寄ってくる姿を見て、あまりの気持ち悪さに吐きたくなったけれど、身体が言うことを聞いてくれなかった。

田所さんはあの子の前に立ちはだかって力ずくで止めようとしていた。あの子は田所さんがそこにいないかのように、あたしの顔をずっと見つめながら前進を続けた。

機械的にパクパクと繰り返していたあの子の口の動きが変わった。たぶんあたしになにか言っている。でも、声が聞こえない。一～二秒ほどの言葉を繰り返すように口が動いていることだけがわかった。その唇を注視していると、言っている内容が読みとれた。

「ごめんなさい。ごめんなさい。ごめんなさい。ごめんなさい。ごめんなさい。ごめんなさい。ごめんなさい。ごめんなさい」

あの子は壊れたロボットのように、その唇の動きをひたすら繰り返した。田所さんは気味悪がりながらも、あの子の両肩に手をのせて垂直に力を入れた。反発することもなく、あの子はふにゃふにゃと膝から崩れた。

「あとは任せてくれて大丈夫だからタクシー出しちゃって！」

不必要なまでに大声で叫ぶ田所さんの声で聴覚を取り戻した。でも、身体はまだ動かない。返事をすることもできない。必死に眼球だけを動かして運転手を見ると、あたしに是非を問うような顔つきでこちらの様子をうかがっていた。いますぐに出してください。お願いですからすぐに、と言いたくても言えなかった。あたしのなかに残留する恐ろしい記憶が暴れている。臓器を傷つけてしまうんじゃないかと心配になるくらい、体内でなにかが激しく暴れまわっているみたいな不快感がピークに達していた。

するとそんなあたしに追い打ちをかけるように越智友香が言った。

「ごめんなさい。町田さんだよね？　私、あなたにひどいことをしてしまいました。

あのときのことをずっと後悔しています。なんてバカなことをしたんだって。いまさら謝ったってどうにもならないのもわかってます。昔あなたにしたことがなかったことにならないのもわかってます。それでも謝らせてください。本当に、本当に、ごめんなさい」

しゃべっているあいだ、越智友香はたぶん無意識に、涙を流していた。後悔と反省の煮こごりみたいな涙だった。きっと彼女なりに苦しんだのだろう。いま、どうするべきなのかわからなくなっているのだろう。彼女の謝罪はきっと純粋なものだった。

でも、赦せない。

赦せるはずがない。

だってあたしは無実の罪を着せられて、それから毎日、精神的な屈辱を受けたのだから。

あたしは当時、クラシック音楽好きの父のおかげで音楽の分野に興味を抱いていた。一緒にコンサートに行ったり、ピアノを習わせてもらったり、家族みんなで観劇のために宝塚《たからづか》まで出かけたり、音楽に囲まれた人生を送っていた。あたしは、いろんなところに連れていってくれて、音楽の知識を与えてくれる父が大好きだった。平凡な収入の家庭なのに、史歌が喜ぶなら、と音楽にまつわる出費がかさんでも積極的に家計を調整してくれるやさしい母が大好きだった。

　だから、いつか音楽に触れられる仕事に就きたいと思うようになった。いい成績で高校を出て国公立大学に進学し、いつか入りたい会社が明確になったら、できるだけ入りやすくなるよう学業に励んでいた。もしかしたら、両親の喜ぶ顔が見たかっただけかもしれない。でも両親のことが大好きだから、そのゴールを夢見ることがなによりもしあわせだった。

　ただその夢を叶えたくて黙々と勉強に励んで、教室でひとり静かに学校生活を送っていたのに、あの日を境に生活が変わった。色紙窃盗の噂《うわさ》を学年中に広められた。教科書をぼろぼろに切り裂かれた。下駄箱《げたばこ》に残飯を撒《ま》き散《ち》らされた。聞こえる距離で陰口を言われた。クラスの票を操作して体育祭の応援団長を押しつけられた。すれちがいざまに肩をぶつけられた。そのせいで筆箱が階段から落ちて壊れた。自転車の鍵穴に土を詰められた。悪意のあるあたしの似顔絵を黒板に描かれた。クラス全員にその空気感を強要してあたしを孤独にさせた。

　思いだせばキリがない。ずっと怖かった。しあわせな生活を日に日に削りとられていくような気分だった。両親がこのことを知ったらどんなに傷つくだろう。あんなにあたしを大切にしてくれた両親を絶対に悲しませたくない。だから、ひとりで耐えようと思った。明日には終わる、と毎日信じ続けた。それでもあの子たちは止《や》めなかった。あたしに対する残酷な行為を、あの子たちは和気藹々《わきあいあい》と日々繰り返した。あたしが、どうしてそんな思いをしなければならないのか、どうしてあの子たちの暇つぶしに利用されなければならないのか、考えても考えてもわからなかった。

最初のうちは我慢強く登校していたあたしの心にも亀裂が入りはじめた。常になにかされるような気がして怖い。だれかと目を合わせるのも怖い。あの子たちと同じ空間にいるのが怖い。そうしてあたしは一日おきに学校を休むようになり、つぎは週のほとんどを休むようになり、最終的に学校に行けなくなった。それでも、両親に学校へ行かない理由は言わなかった。ひどく悲しむふたりを想像すると、言えなかった。

夢のために勉強を積み重ねて優秀だった成績はみるみる低下し、挙げ句の果てには先生が評価を下すための材料すらなくなってしまうほど、あたしは身を守るために学校から距離を置いた。

そんなある日の夕食中、父が言った。

「もう、ひとりで頑張らんでええ」

突然の父の言葉に、あたしは頭が真っ白になった。思わず身構えるようにして、持っていた箸を強く握りしめた。「そうよ」と母が続ける。

「よう我慢したね、史歌」

あたしはなにも言っていないのに、父と母はあたしの状況を察してくれていた。箸を握る力がみるみるうちに抜けて、三ヵ月ものあいだ、全身に張り詰めていた緊張の糸が切れた。それから、意図していない涙が込み上げてきて、あたしははじめて声を出して泣くことができた。父と母には、あたしのことなんてすべてお見通しだった。あたしの一挙一動に気を配って、学校でよくないことが起こっていると察し、両親ふたりで導きだしたのが「転校」という答えだった。両親はあたしのために、悲しさをなるべく押し殺すように唇を噛み締めてから、目尻をゆるやかに下ろしたやさしい笑みであたしを見つめた。気を遣わせてしまっている申し訳なさと、寄り添ってくれる人がいるありがたさに、心がぎゅっと締めつけられた。

転校してしまえばもう大丈夫だろうと思っていたけれど、新しいクラスメイトを目の前にしてもあたしの身体は強張ってしまった。彼らからなにもされていないのに、担任を含めた全員のことが信じられなかった。なんとか学校に通うことはできたものの、肝心の勉強に集中ができず、あたしは絶望していた。

そんな苦しい日々のなか、あたしは父のパソコンを借りて、音楽関連の動画を漁ることが生き甲斐になっていた。父の好きなクラシック、J－POP、童謡、幅広い分野を聴いて回ることで、せめて音楽の知識だけでもインプットしようと思っていた。勉強ができなくても、音楽に造詣《ぞうけい》が深ければ、音楽業界への道は拓《ひら》かれると思ったからだ。

そして、あたしの運命をおおきく変えるものと出会った。「歌ってみた」という動画のジャンルだ。プロのアーティストではない一般人が、歌唱動画を投稿しているという文化が衝撃的だった。しかもその人たち――歌い手――にはファンがいて、つぎの投稿をいまかいまかと心待ちにしているのだ。最初はただ聴いていただけだったけれど、あたしが歌ったらどうなるのだろうと想像するようになった。歌は幼少期から好きで、投稿することにも興味がわいた。それから、実際に録音して、動画を編集して、緊張しながら投稿ボタンを押すまで一ヵ月。そのあいだも、学校で過ごすトラウマは拭えなかった。かつて国公立大を目指していたあたしは、進路希望調査が行われたとき、志望校を書けなくなっていた。結局、両親以外を信用することができなくて学校へ行くのが怖くなり、あたしはまた部屋に引きこもった。町田史歌として生きることがどんどん難しくなって、その反面、フカミとして生きることだけがあたしの希望になっていった。

そうやって、あの子たちのせいであたしの人生が歪《ゆが》められてしまったのだから、いまさら越智友香に何度謝られようとも赦せるはずがなかった。

いじめがニュースになったり、過去にいじめられた人がテレビに出てインタビューに答えたり、ドラマでそういう展開になったりするたびに、あたしは心を抉られてきた。錆びついて刃こぼれしたナイフでぐりぐりと傷を抉られるような重く鋭い痛みを、ずっと味わってきた。こういう奴《やつ》らを野放しにしている学校、地域、終《しま》いには、世の中までもを呪うようになった。そうして、ある恐ろしい真理に辿りついた。

この世界には、いじめられた人間より、いじめた人間のほうが多い。

いじめのほとんどがひとり対複数人の構図だと仮定すると、いじめに関わった人間のほうが世の中には多い。被害者は時を経て声を上げることもあるけれど、加害者はだんまりを決め込んだままだ。そんな恐ろしい事実から目を背けっぱなしの社会が、怖くて怖くて仕方なかった。

だから、あたしはネットの世界で生きていくことを選んだ。そこにはリアルのあたしを知らない人ばかりがいて、歌を通じたコミュニケーションしか生まれない。それがなによりも心地よかった。父の愛している音楽が、あたしの心を救ってくれた。

ネットで力を蓄《たくわ》えたあとリアルの世界でFという名前を持って、新しいあたしとして生きることが唯一の希望になった。完璧な覆面アーティストとしてやっと生まれ変われたと思った途端、また冤罪《えんざい》をこうむるわ、ネットで叩かれるわ、越智友香がやってくるわ、で、最悪だ。いますぐ、あたしの視界から消えてくれ。謝罪なんていらない。あたしの世界から消えてくれるだけでいい。

だから、謝罪を繰り返す越智友香に怒りで煮えたぎる思いを浴びせてやった。

「ごめんなさい無理です。赦せません。一生そうやって苦しんで、バカなことをしたなあって後悔しながら暮らしてもらえると、最高です。あと、できればそのまま長生きしてください」

さっきまでの金縛りが嘘のように解けて、流れるようにすらすらと言葉が出てきた。言いたいことはもっといっぱいあるけれど、もう充分だった。その言葉がすべてだったから。

汚らわしく泣きじゃくって地面に頭を擦《こす》りつける越智友香を弄《もてあそ》ぶように、ピッピッピーと軽快な音を鳴らしてタクシーのドアが閉まった。

情けないあの子の姿と、忌《い》まわしい過去に対する憤り。それから、救いのない言葉を浴びせてしまった己の下劣さ。それらすべてを肥やしにして、新曲の歌詞を書くことに決めた。

11・越智友香

　平らな段ボールを折って箱の形にしたものを二つ並べる。部屋に置いてあるものを順に手にとって、二つの箱「いるボックス」と「いらないボックス」に仕分けしていく。いる、いらない、いらない、いらない……。大した趣味もこだわりもない私の部屋には、どうしてもとっておきたいものなんてほとんどない。だからその作業はスムーズに進んでいく。それが却《かえ》って虚《むな》しかった。

　Fが町田さんだったと知ったあの日、Fという唯一のお守りが呪物《じゅぶつ》に変わったような気がして心の支えを失った。でもそれは自分のせいで、Fのせいじゃない。仕事に行く気力も起きず、無断欠勤した。沢城先輩が何度も電話をしてきたけれど、それすらも放置した。いよいよしびれを切らした先輩は「解雇の方向で話が進んでいるみたいです」と冷淡なメールを送ってきた。Fだけでなく働き口も失うことになった私は、かつて憧れ、恋《こ》い焦《こ》がれていた東京に居座ることすらできなくなった。外に出ることがないので風呂に入る必要もない。十本入りのパンを適当に貪《むさぼ》って腹を満たしていた。

あーこれからどうやって生きていこうと考えたときに、別に、必ずしも生きる必要はないよなとひらめいた。だから、また会社の屋上に行って飛び降りようと決め、久々にシャワーを浴びて電車に乗った。ラッシュ時以外にはじめて乗る電車は人が少なくて快適だった。

渋谷についてオフィスビルのゲートに社員証をかざすと、扉は開かず、赤いランプが点灯した。なにかの間違いかと思って何度か試したけれど、一向に開く気配はない。社員証が失効しているのかもしれない。もうお前はここの人間ではないと言われているみたいだった。

飛び降りる以前に屋上にすら行けなくなった私は途方に暮れた。でもだからと言って強行突破して屋上にむかうとか、ほかのビルの屋上を探してみるとか、飛び降り以外の方法を模索するとか、そういう気力もわき上がってこない。そのときようやくわかった。

私、死ぬ勇気すらないんだ。

必死に生きる根気も、思い切って死ぬ覚悟もないんだ。ただ、世の中のいろんなことに不満を抱えて、悲劇のヒロインぶっているだけなんだ。生きる意味がわからないとか言って、えらそうに世の中を俯瞰《ふかん》しているだけだ。生きづらいと信じるための言い訳をいっぱいつくって理論武装しているのだって、そうでもしないと死ぬための意志が定まらないからだ。自分の信じた意見と同じものだけ探して、すこしでもちがう意見を聞こうともしない。欲しい情報だけを集めた信憑性《しんぴょうせい》に欠ける思想を、死物狂いで育てていた。

Fを知ったあの日だって、本当は死ぬ覚悟なんてなかったのかもしれない。うまく行かないことをなにかのせいにして自分を哀れんで、そんな自分を慰めてあげたかっただけなのかもしれない。そうでもなければ、それなりにセキュリティの高いオフィスビルからの飛び降りなんて選ばない。人知れず自殺に最適な環境を選ぶはずだ。だれかが止めてくれるかもしれない。助けてくれるかもしれない。そんな小賢《こざか》しい考えがあったから、あの場所にしたのだ。

解雇され、生活する術を失った。貯金も使い果たした。これからどうやって生きていくのか。そう考えたときに与えられた選択肢はひとつだけだった。

実家に帰る。

これしか方法がなかった。頼れる友人すらいない私は、もう東京にいられないのだから。同時に母親の存在が脳裏をよぎった。またあの人と一緒に暮らすのか。なにもかもを制限され、がんじがらめだったあの日々に戻ろうとしているのか。進学のタイミングで必死の思いで夜逃げしてここまで来たというのに、また地元に戻らなくてはならないのか。その選択肢に頼らざるを得ないほど、やっぱり私は死ぬこともできないのか。なんて情けないのだろう。なんて愚かなのだろう。この期におよんでまで、そんなことを考えてしまうプライドの高い自分が赦せなかった。もう、母を頼るしかないのに。

『仕事をやめました。来月中には帰ります』とだけ母にメッセージを送り、東京を離れるための荷物整理をはじめた。

いつか彼氏ができてうちに遊びにきたときのために二枚買っておいた皿や茶碗《ちゃわん》、いらない。水分に満たされて効力を失った珪藻土マット、いらない。ひとり暮らしを機に料理に励もうと奮発して買ったオーブンレンジ、は母が使うかもしれないから念のため、いる。見た目に惹かれて買ったものの、高さが中途半端で使い勝手の悪いテーブル、いらない。沢城先輩に褒められて調子に乗って買った派手な色をしたスニーカー、いらない。かつて大量購入したＦのＣＤ、いらない。キャビネットの上に隆々と積み上げられたチョコタワーは——いる。

実家の最寄り駅からバスに乗って揺られること十五分。まるで小旅行にでも行くかのように身軽な格好で実家についた。ご近所さんに姿を見られでもしたらすぐに噂が広まって厄介なことになる恐れがあるから、あらかじめ被っていたハットを深く沈めた。東京に出た娘が、独り身《ひとりみ》で実家に帰ってきただなんて知られたら、恥ずかしくてたまったもんじゃない。

以前はラブラドール・レトリバーが鎮座《ちんざ》していた実家の庭もいまは寂しくなっていて、捨てられないまま放置された小屋と餌入れが哀愁を帯びていた。無駄に広い庭を通って玄関の前で立ち止まった。この扉を開けてしまったら私の人生が振りだしに戻るような気がした。私を抑圧する母親と、町田さんをいじめてしまった過去を忘れるようにして東京に行ったのに、そのすべてがまた私のもとに戻ってきてしまう。

ドアノブに手をかける。そうして私は、封印していたいらないボックスを開くような気持ちで実家の扉を開けた。

ぶわっと空気が顔に当たり、埃《ほこり》っぽい独特なにおいが鼻を刺激する。知っているはずのにおいだけど、当時は当たり前で気づかなかったにおいだ。一歩進んで敷石に足をのせる。高そうな杉の木でできた靴箱の上には、いつか撮った家族写真や花瓶が置かれている。青メタリックに塗装された靴用の消臭スプレー、ファンシーな花柄の玄関マット、だれがいつ買ってなんのために置いてあるかもわからないかわいらしくキスをする少年少女の人形、母が趣味でつくったビーズでできたのれんみたいなもの。そのどれもが遺憾なく存在感を発揮していて、無秩序で賑々しい。玄関がよりよく見えるように、という唯一の共通点で寄せ集められたにちがいない。見た目も質感も、素材も色も、なにもかもがバラバラで統一感がない。それらが、実家を実家たらしめているように思えた。

リビングのほうから母の声が飛んできた。

「友香？　おかえり。思っとったよりはやかったやんかあ」

気のせいかもしれないが、七年ぶりに聞く母の声はハリがなく弱くなっていた。久々の再会だというのに、母がそれを感じさせないよう敢《あ》えて元気そうに振る舞っているのが、私には手にとるようにわかった。

「うん、ただいま」

必要最低限のやりとりをしながらリビングへ行くと、テーブルの前に母が座っていた。以前より白髪の数が増え、背中が丸まってちいさくなった母の姿に、私は時の流れを感じた。それに、父の姿がないリビングは物悲しかった。父の葬儀に出なかった後悔が、実体を伴って私に押し寄せた。

「ごはんですよ！」のキャラクターみたいに浅くメガネをかけた母は、いまは羊毛フエルトに没頭しているらしく、その作業の手を止めて私の顔を見上げた。

「え〜だれか思たわ。えらい変わってしもて」

「別に。普通やよ。すぐ出ていくからちょっとだけよろしく」

「そんな焦らんでも、なんぼでもおったらええのに」

「すぐ出ていくから大丈夫！　放《ほ》っといて！」

無意識に感じてしまう感慨深さを虚勢で隠すように、母に冷たく振る舞ってしまう。リビングから飛び出て急勾配《きゅうこうばい》の階段を上り、私の部屋に入った。短期間のつもりとはいえ、しばらく養ってくれる母に無礼な態度だったなと反省した。

部屋には段ボール箱が置かれていた。あらかじめ東京から送ったものだ。せっかくなら今日のうちにと自分を奮い立たせて荷解《にほど》きをはじめた。養殖した稚魚を海に放流するような丁寧な手つきで、ひとつ、またひとつと部屋を物で埋めていく。ちょっといいスーパーの紙袋で梱包したチョコレートが姿を現すと、それらをキャビネットの上に並べていく。できる限りおおきな円を描くように敷き詰める。円が完成したら、その上にまた円をつくる。何度も繰り返していって巨大な円柱を建築する。これまでの人生を振り返るようにしてひとつひとつ慎重に積み重ねた。完成したチョコタワーは立派な仕上がりで、私の心をやさしく満たしてくれた。それを眺めているあいだだけは、実家に逃げ込んだことなんてすっかり忘れてしまうほどだった。

荷解きが案外あっさり終わり、母のいる家に居続けるのもなんだか居心地が悪かったので散歩にでも行くことにした。もちろん近所の人にばれないように厳重な装いで。

しばらく歩いていると、見慣れているはずの景色がところどころ変わっていることに気がついた。同窓会の日に見かけたコンビニみたいに、ちいさな変化がいくつも目に入った。個人経営のお好み焼き屋さんとか駄菓子屋さんはシャッターが下りていた。田んぼの脇にはミスマッチな見た目の介護士募集の看板が立っていて、家のすぐそばには自動販売機が増えていた。代わり映えがないと思っていたこの町も、すこしずつ姿を変えている。

私は、なにか変わることができたのだろうか。成長とか進化とか、そんなきらきらした言葉に胸を高鳴らせて上京してみたもののなにも得られなかった気がする。結局は私自身がなにもしなかっただけだ。環境のせいにするだけして、ずっと逃げてばかりだった。

急勾配な坂道を上って家へ帰ると、さっきまでリビングにいた母の姿が見当たらなかった。テーブルの上にはつくりかけの羊毛フェルトが放置されている。赤と白と黒、三色の羊毛のかたまりが並んでいた。

自室のドアノブに手をかけた途端ドアが開き、折り畳まれた段ボールを小脇に抱えた母が、ごくごく自然な表情で私の部屋から出てきた。

「ちょっと！　なにしとん」

私は思わず声を荒らげる。

「荷解きしにきてんけど、もう終わっとったわ」

言いながら母は大袈裟に笑った。

「勝手に入らんといて」と私が叱責《しっせき》して、右肩で母を押しのけるように無理やり部屋に身体を食い込ませた。母は動じる素振りも一切見せず、思いだすように言った。

「まだチョコ集めよったんやなあ。すごいやんあれ！　賞味期限切れてしもとるけど」

母がチョコタワーのほうを顎《あご》でしゃくった。

「別にすごないわ」

「お母さん、昔ようあんたに買っとったもんなあ」

一瞬だけ母の声が震えたのがわかった。それでも顔は見ない。

「覚えとる？『よいことしたから買ってやー』ってあんたいっつもねだっとったんやで」

「そんなん覚えてへん」

嘘。覚えてる。

「もっとええもん買《こ》うたったらよかったのになあ。友香が自分で働いたお金で買うようになって安くてびっくりしたんちゃう？　いま思ったら恥ずかしてしゃあないわ」

気づかれない程度に横目で母の顔を見ると母はしっかりこちらを見ていて、ゆっくりほほえんだ。困った私は生唾《なまつば》をゴクリと飲み込むことしかできなかった。

「友香がよいことしたら、ひとつ買ったるって約束したんよ」

そう。そのせいで私はがんじがらめになった。よいことをするのが正義だから。世のため人のために生きなければならないと悟ったから。家でも、学校でも、職場でも。無意識にだれかを喜ばせるための選択肢しか選ぶことができなくなってしまった。

「お母さんやったら自分のためだけに努力しとったやろうけど、友香はちがったんよ。『人のためによいことせなー』言うてな。ああ、この子はすごいわって感心したんやで」

「……ちゃう」

「え？」

「全然ちゃう。お母さんがそうしなさいって言うたんやんか」

「お母さんそんなこと言うたかなあ。もしそうなんやったらごめんなあ」

やめてやめてやめて！　いまさら謝ったってどうにもならないんだから。過去のことはもう変えられないんだから。母の言葉を消し去ろうと必死に頭を横に振った。薄れていく母の言葉とは裏腹に、町田さんの顔がよぎった。

——いまさら謝ったってどうにもならない。

私が放った言葉がそのまま胸に突き刺さる。そうして空いた穴から空気が抜けて、風船がしぼんでいくみたいに、張り詰めていたなにかが縮んでいった。そして私は、母に「よいこと」でがんじがらめにされた過去があった、という自信をなくした。ただ懐かしむように話す母が嘘をついているようには見えなかった。まるで本当に、ただ思い出話をしているみたいに淀《よど》みのない言葉だった。

私はありとあらゆる力を右手に込めて、真上から叩き割るようにチョコタワーを崩した。

私の過去が凝縮されたチョコたちは四方八方に散らばって床に落ちた。

驚く母を気にもかけず、それらを紙袋にごっそり移動させて急な階段を駆け下りる。シンクに紙袋を置き、鍋《なべ》に水を入れて湯を沸かした。

全部、溶かしてしまおう。

こんな些細な栄光のかたまりはもう、溶かしてしまえ。

乱雑にチョコをボウルに入れる。魔女が呪いの儀式をするみたいに、チョコをゆっくり混ぜあわせる。きれいな正方形をしたチョコが角を失い、隣接したチョコとつながっていく。最初は美しかったマーブル模様も次第に平均化され、単なるどす黒い液体へと変化した。愕然《がくぜん》と私を見つめる母の目の前で、その汚い液体をボウルごと口へ運んだ。

12・F

自分史上、最も苦しんで書き上げた新曲は、大人気アニメの主題歌に起用された。曲名は『因果応報《いんがおうほう》』。「過去の愚行にいつまでも苦しめられる者の葛藤《かっとう》」がテーマで、言うまでもなく越智友香がモチーフだ。街に甚大な大気汚染を起こしてしまった研究者が、自らの手で街をもとに戻していく様を描いた、ディストピアSF漫画原作のアニメにぴったりだと採用された。その吉報をあたしに告げた田所さんは、あたしと出会って以来最大の充実感に満ち溢れているように見えた。

その直感は間違っていなかったらしく、それが、田所さんにとって最後の仕事となった。田所さんは優秀な成績を評価され、昇進することになった。結婚に昇進に、いまの彼は飛ぶ鳥を落とす勢いで人生を充実させている。その一方であたしは停滞しているみたいで焦りを感じる。

田所さんの代わりに新しくマネージャーに就任したのは、中原《なかはら》さんという頼りなさそうな見た目をしたおじさんだった。スーツの上からわかるくらいお腹が出っ張っていて、不揃いなヒゲを生やしている。素朴な銀縁メガネは指紋でうっすら汚れているし、革靴の傷も目立つ。おまけにしゃべり口調もおどおどした様子で「この人で大丈夫か」と一瞬で不安になってしまった。田所さんに抱いた第一印象とはなにもかも正反対だった。中原さんにはじめて対面した途端、あたしの焦燥感がさらに掻き立てられた。

中原さんとのはじめての現場は、新曲の再レコーディングだった。アニメのオープニングバージョン用に再録が必要になったため、急遽《きゅうきょ》スタジオに入ることとなった。その日の東京は生憎《あいにく》、この冬いちばんの大雪に見舞われていた。いつもは使わないタクシーを呼んでスタジオ前につくと、大雪のなか、風に傘を煽られてよろめく中原さんがいた。

「お待たせしました。寒いからなかで待っててくれててていいのに……」

鼻を真っ赤にした中原さんを見て、申し訳なく思いながらそう言った。中原さんはへへへと笑って、

「無事にスタジオへご案内するのもマネージャーの仕事ですから」

とおどけるように胸を張ってみせた。中原さんに対する第一印象を後ろめたく思う

ほどに、両肩に雪を積もらせた彼は逞《たくま》しく見えた。

アニメの放映がはじまり、視聴率が好調なスタートを切るなか、原作者とアニメの製作委員会を含めた懇親会が催された。あたしにも招集の声がかかり、アウェーな空間に萎縮しながらも参加した。

もちろんここでも酒を口にしないあたしを見た中原さんは、先方から半強制的に注がれたちいさなコップのビール以降、あたしに合わせて酒を飲んでいない。ビールジョッキが卓上を行き交うのを彼が羨ましそうな目で見ているのにあたしは気づいていた。「飲んでいいんですよ」と中原さんに耳打ちしてみたけれど、彼は「いえ、お供させてくださいよ」と朗らかな笑顔で返した。

そろそろお開きの時間かなと思っていたとき、呂律《ろれつ》の回らない状態の監督があたしにむかって言った。

「Fさんさすがですよお。本当に天才としか言いようがないですよお。あなたの歌のおかげで作品のレベルがぐっと上がってるんれすからぁ」

「はは。ありがとうございます。光栄です」

とあたしが言うと、中原さんが「ぜひまた使ってやってください」とすかさず営業をかけた。自分より年上の男が媚《こ》びへつらう姿を見て気持ちよくなったのか、監督

は、

「またつぎのクールもお願いしちゃおっかなあ」

と餌を垂らすように言う。典型的な上下関係のマウントに辟易するあたしとは対照的に、中原さんは「ぜひお願いします！」と深く頭を下げた。それを見て監督は続けた。

「頭上げてくださいよお。冗談抜きでまたお願いしますぅ」

本気なのか冗談なのか、意識があるのかないのかすらわからない口調だった。

「ずっと聞きたかったんれすよFさぁん。どうやったらこんな最高な歌詞書けちゃうんれすかあ？」

ふいに投げかけられたあたし宛の質問に、場の視線が集中する。あたしのことをいじめたクラスメイトのことをモチーフにして書きました、なんて言えるはずがない。変な間が生まれてしまっている。答えなきゃ。はやく、答えなきゃ。その焦りがむしろ思考を停止させる。

「あれえ、言えないんですかあ？　企業秘密ってやつですかねぇ。もしかして、もしかして、ゴーストライター的なことだったりしてぇ」

笑うところですよと言わんばかりのニヤついた表情で監督が言う。関係者一同がそれにつられて笑う。中原さんはクライアントとの関係を壊さぬようつくり笑いを維持しながらあたしを一瞥し、肩をおおきく動かして深呼吸のジェスチャーを送った。それに従って深呼吸してみても、なにも言い返せない悔しさに続いて怒りが込み上げてくる。冗談のボーダーラインをわかったみたいな顔をして、土足であたしの心を踏み荒らす監督にジョッキを投げつけたいくらい苛立つ。でもそんなことできるわけない。落ちつけあたし。冷静になれ。悔しい……悔しい……。理性を働かせようとする自分と、制御できない怒りがぶつかっている。「そんなわけないでしょう」と言いながらガハガハ笑う一同にむかって、言葉を振り絞った。

「もー監督さんったら、声がおおきいんだから」

顔の前で人差し指を立てて、必死に笑顔をつくった。否定も肯定もしない、それがこの乱れた場を切り抜ける最善策だと考えた。あたしの回答でさらに場は盛り上がった。

隙を見て、外気を吸うために店から出ると、我慢していたものが一気に溢れ出た。歯ぎしりをするように口元に力を入れて極力耐えようと試みたものの、目から溢れるそれは一向に止まろうとしない。なぜあんな舐めた発言を浴びせられるのか、理解できなかった。あたしが新人だから？　それとも、女子高生と謳っているからだろうか。

店の前にうずくまって涙を拭っていると、ハンカチを差しだす手が現れた。あたしはゆっくり顔を上げた。中原さんだった。彼は心配そうに、

「本当によく耐えましたね。守れなくて申《もう》し訳《わけ》ありませんでした。よかったらこれ、きれいなんで使ってください」と言った。

受けとったハンカチには四葉のクローバーが刺繡されていた。中原さんがこれを使っていることがなんだかおかしくて、思わず笑みをこぼした。

「急いで家を出たら間違って娘の持ってきちゃって……」

そう言いながら、中原さんは恥ずかしそうに鼻を搔いた。

ハンカチを見て、あたしは田所さんのことを思いだしていた。ハンカチを差しだした田所さんの、やさしい表情を。

ずっとあたしは勘ちがいしていたのかもしれない。田所さんのやさしさは、あたしへの愛情ゆえ生まれるものだとばかり思っていた。そう思いたかったのかもしれない。あんなに他人にやさしくされたのははじめてだったから、田所さんからの好意を期待してしまっていた。でも中原さんと出会って、ようやく気づいた。

「中原さん」

「なんでしょうか」

「マネージャーってどんなお仕事ですか？」

「どんなお仕事……ですか。私なんかが答えていいのかわからないですが。そうですね。

強いて言うなら、人を愛する仕事、でしょうか」

そう。田所さんはあたしのことを仕事の一環で愛してくれていたのだ。その愛はもちろん嘘じゃない。本物だと思う。でも、あくまで仕事の領域にすぎなかった。田所さんと同じように接してくれる中原さんを見て、やっとわかった。昇進が決まったとき、きっと彼は大喜びしたにちがいない。だからあんなに満足そうにしていたのだろう。田所さんはなにも悪くない、むしろ正しい。自分の欲求に素直で、ひたむきに努力をして結婚と昇進を勝ちとった。あたしだけが世間知らずで盲信的だったから、田所さんのあれを恋心などと勘ちがいしていたのだ。

いままで恋を知らずに生きてきた。恋どころか、人と心を交わすこともなかった。音楽に関わる仕事がしたいという夢のためだけに生きて、友達もつくらず一匹狼な人生だった。さらにはクラスメイトに追い詰められ、トラウマで身動きがとれなくなり、ひとりで生きることがどんどん当たり前になっていった。両親以外の人を愛することも、愛されることも知らないまま生きてきてしまった。名前を捨てて新しい自分になれたと思っていたけれど、所詮あたしは、世間知らずなあたしのままだ。経験したことのない感情を理解できるはずがない。理解ができなければ悩みを抱えた人に寄り添うことも、むきあうことも難しい。歌詞だって陳腐《ちんぷ》なものしか書けなくなっていくだろう。あたしに必要なのはもっと世間を知ることだ。そうでなきゃFはおおきくなんてなれない。短命に終わる。

だったら、あたしはどうするべきだ……？

13・越智友香

例年にも増して凍《い》てついた風が吹き荒れる十二月、母がスーパーのパート時間を増やした。私たち親子がそのことについて会話を交わすことはほとんどなかった。でも、より安定した状態で職なしの娘を養うためだということは聞くまでもなく想像できた。私がバイトをすれば、実家に帰ってきたことを近所の人たちに知られてしまうから、それが嫌で動きだせなかった。掃除をしたり夕飯をつくるくらいは手伝うべきだとわかっていながらも、蓄積して凝り固まった母への反抗心が邪魔をした。私のために昼食を用意してからパート先へむかい、帰ったあとも黙々と夕食をつくる母の姿を見て、このまま頼り続けるわけにはいかないな、と思いはじめていた。

なにかが変わるわけでもないのに二つ折り財布を開いて、残金三百五十円を確認する。将来への危機感を高めて、すこしでも己を鼓舞したいという思いだった。

財布のなかに入っている東京でつくったポイントカードや診察券は残したままだっ

た。またいつか東京に戻りたいという願望からか、社会とのつながりを断ち切るのが怖いという恐怖心からかはわからない。東京で暮らしていた自分の証《あかし》を残しておきたいという意地かもしれない。臍《へそ》の緒《お》とか卒業アルバムを大切に保管しておくみたいに、自分はたしかにそこに存在していたのだと肯定するための人間らしい儀式なのだと思った。

夕方、日課になった散歩をしているとき、スマホが鳴った。

発信者はアカネさんだった。恐る恐る電話に出た。

「もしもし」

続けて「没落です」と補足すべきだったが、F界隈との関わりがひさしぶりだったから咄嗟にその名前が出なかった。むしろ本名を名乗ってしまいそうになり慌てて言葉を呑み込んだ。

「没落さんひさしぶり。アカネです」

「おひさしぶりです。どうしました？」

アカネさんと頻繁に連絡をとっていた当時のテンションを思いだしながら、没落として話すことに努めた。Fに会ったあの日、私と町田さんの様子を見たアカネさんは私にその詳細を聞こうとはしなかった。アカネさんは、一方通行の細い路地で泣き崩れた私を安全な場所へ移動させ、無言のまま温かい手で背中を撫でてくれた。

アカネさんはいまもどうしてあんなことになったのかよくわかっていない。そのことについての電話だろうと覚悟を決めていた。

「一応、報告しておきたいなと思って」

「報告？」

「実は結婚することになったの」

不意をつく吉報に戸惑いながら、反射的に祝いの言葉を返した。どうして私なんかに結婚の報告をしてくれたのだろう。いや、それ以前にそういう相手がいたことすら知らなかった。相手はどんな人？　馴《な》れ初《そ》めは？　Fに会ったあの日のことについては聞かないの？　予想外の報告に理解が追いつかない。

「ありがとう。出会ってから入籍までめっちゃ急だったんだよね。いわゆる電撃婚ってやつ。

ほら前に、リアコしてたときの話したじゃん？　あの一件があってからずっと考えてたんだよね。自分はどんな人と結婚するんだろう、いやそもそも結婚できるのかなって。顔もよくてスタイルもよくて、お金もあってやさしくて……いままでそういう人しか追ってこなかったんだけどさ、なんか途中で気づいたのよ。もっと身の丈にあった人生を送るべきかもなーって」

「そうだったんですね」

「そう」と一呼吸置いてアカネさんが続ける。

「あ、でもあれだよ？　諦めた、みたいなネガティブなやつじゃないよ」

「どういうことですか？」

身の丈にあった人生を送るという言葉を聞いたとき、てっきりネガティブなほうだと捉えていた私はアカネさんの意図が読みとれなかった。アカネさんが答える。

「いままでありのままの自分を見ないふりをしてたというか、受け入れないようにしてたというか……逃避気味だったと思うんだよね。自分の弱いとことかできるだけ見ないようにしてたからさ。

でもこれでだいぶラクになったー。めちゃくちゃ解放された。

正直さ。旦那の顔はぜんっぜん気に入ってないんだけど、結構やさしいとこあんじゃんって日々惚れちゃってるわ」

アカネさんがふふっと笑う。私もそれにつられるように笑う。

諦めたわけじゃない。弱い自分の存在を認めて、受け入れた。

それって簡単なようで難しいと思う。現に私は認められていないし、逃げてばかりだったから余計にその言葉が刺さった。弱い自分を認めるってとても怖いことだと思う。でもアカネさんの言葉を聞いて、それもいいかもしれないなと思った。弱い自分から変わるために頑張るよりも前にやるべきこと。ありのままの自分を受け入れることは、成長するための土台づくりみたいなものなのかもしれない。逃げてばかりの私は、その土台すら固められていなかったのだ。

散歩から帰宅し、母とふたりで夕飯を食べていると、母が言った。

「今回の年越しは温泉旅館にでも行きたいなあ」

「行ってきたらいいやん。私お金ないし」

「なに言うとんのよ。ひとりで行ってもしゃあないやんか」

いまだに母の脛《すね》をかじり続けている私には耳が痛い誘い話だった。

大晦日《おおみそか》、五十二歳の誕生日を迎える母と一緒に過ごすのは数年ぶりで、どうも母はそれに喜んでいるように見えた。そんな母との距離のはかり方を、私はいまでもわかっていない。

「温泉旅館で見る紅白《こうはく》、なんか風情があってええやんかぁ」

すっかり旅館に行く気満々の母がそう言って、私に新聞を差しだした。

「今年の特別企画、昭和ヒットメドレーやって。最高やろ。聖子《せいこ》ちゃん出るかなぁ」

母は、新聞に掲載されていた紅白歌合戦のタイムテーブルを指差した。

私は母の手づくりカレーを口に運びながら出演者一覧を眺め、そこに書かれていた一文字を見つけた瞬間、身体が硬直した。私の手から落ちたスプーンが床で高い金属音を鳴らした。

14・F

紅白歌合戦の出演オファーが届いた。

『因果応報』は、アニメの大ヒットに伴って国内外のヒットチャート上位を維持し続けていた。それが、あたしに残された唯一の希望、国民ならだれもが知る輝かしいステージに導いてくれた。幼少期からテレビで見ていた番組からの出演オファーに実感がわかず、まだ信じられないでいた。夢の舞台ではあったが、出演することによる身バレのリスクが脳裏を掠めた。その懸念を解決できるのであればぜひ、という回答をした。

出演可否を決めるための打ちあわせでは「顔をどう隠すか」が論点となった。ここまで培ってきたFのイメージを損《そこ》なわないように仮面をつけて出演するのはいかがでしょう、と中原さんが提案した。スクリーンにシルエットだけを投影するパターンも協議されていたが、どうも盛り上がりに欠けるのではないかとディレクターが顔を歪ませたので、中原さんが出した「仮面着用」の案が採用された。あたしは、スタッフ陣の真摯な対応を見て、出演する覚悟を決めた。

番組の出演者が一斉に発表されると、あたしの名前は話題を掻《か》っ攫《さら》った。名前の横についた（初）の文字をSNSで見て、興奮した。

もう一組、今年初出演のグループがいた。GEEMS——高二のとき、越智友香たちが血眼《ちまなこ》になって探していたあのサイン色紙のバンド——だった。彼女たちが必死に追いかけたGEEMSと同じステージに、あたしは立つ。最高の気分。この上ない優越感だった。

年末が近づき、分刻みのスケジュールでの入念なリハーサルがはじまった。

「最近はどこからリークされるかわからないので、楽屋を出るときには仮面をつけてください」

中原さんはあたしの身バレを厳重に防止しようと努めてくれていた。

仮面をつけた状態でしっかり歌えるのか心配していたけれど、それほど問題はなかった。顔が隠れていることで人の視線が気にならなくなって、表情をつくらなくてよくって、むしろ安心して歌うことができた。これも匿名でいることのよさ。あたしはFでいることの喜びを改めて噛み締めた。

紅白歌合戦、放送当日。

今年も残すところ、あと六時間ほどとなった。

最終リハーサルを終えて楽屋に控えるあたしは最後のチェックをしていた。スマホのメモアプリにしたためた長文を読み返す。もちろん中原さんには秘密で。

いよいよ本番直前、舞台袖《そで》にスタンバイした。つぎがあたしの出番。もう引き返すことはできない。「では立ち位置にお願いします」とスタッフが言った。

「Fさん、見せつけてやりましょう！」

中原さんがあたしを緊張させないようにとおどけてみせた。あたしはちいさくガッツポーズを返した。そして片手に忍ばせたツイッターが開かれたスマホをタップする。投稿完了。文字列の並んだ一枚の画像がF公式アカウントにアップされた。舞台袖のテーブルにスマホを置き、あたしはステージへと踏みだした。


――Fを応援してくださっているあなたへ。

いつもありがとうございます。あなたのおかげで今日、紅白歌合戦に出演することができます。と同時に、かつてないほどの緊張感を味わっています。私がこんな素晴らしいステージに立ってよいのだろうかと何度も悩みました。歴史あるこの番組に自分の名前が載ることを、怖いと思う瞬間が何度もありました。私はずっと日陰で生きてきた人間だから、贅沢にスポットライトを浴びてよいのかと、後ろめたさを感じる日もありました。

高校に通っていたころ、私はいじめに遭いました。きっかけは本当に些細なことでした。それでもいじめはエスカレートする一方で、ある日、いよいよ私の心は折れてしまいました。学校に行くのが怖くなり、家から出ることすら怖くなりました。いじめをした人のことは、いまでも赦せません。

そんな日々のなか、フカミというハンドルネームを使って、ネット上で歌うようになりました。最初は、ストレス発散のためにカラオケに行くくらいの気持ちで歌っていました。

そんなある日、私の歌声を褒めてくれる人が現れました。動画につけられたコメントです。その人がだれなのか、いまになってもわかりません。実在するのかすらわかりません。それでもたしかに私は、その人の声援に励まされました。『あなたの歌声が好きです』たったの数文字で私は変わりたいと思えたのです。ネットの世界は、どこのだれかもわからない私を、歓迎してくれたのです。本当に嬉しかった。生きていてよいのだと赦された気分でした。私が歌うことによって、だれかがそれを認めてくれて、結果的に私の心が救済されました。その日から、私は自分の心を救済するために、もっと歌うようになりました。

コメントに救われた私は決めました。私も、思っていることを素直に言葉にしよう、と。ところが、人と関わることを避けていた私にとってそれは簡単なことではありませんでした。結局、Fとしてメジャーデビューして歌詞を書くまで実現できませんでしたから……。ごめんなさい。思い出話のような、自慢話のような変な文章ですね。感謝の言葉を綴りたかっただけなのに、やっぱりいまでも難しいです。思っていることを正しく伝えるのは、本当に難しいです。

あなたが私に与えてくれたこの素晴らしい日。必ず最高のステージにします。いつもありがとう。あなたを心から愛しています。F――。


無事に最後まで歌い上げたあたしにおおきな拍手が送られた。

ステージ上にちりばめられた照明が、あたしにやわらかい光を当てる。満開の桜の下で昼寝をしているかのようなやさしい温かさに包まれる。

それから、田所さんに教わったあの桜の小道を思いだす。田所さん、元気かな。いまも画面のむこうで見てくれてるかな。あたし、ここまで来たんだよ。田所さんが必死に守ってくれた弱いあたしはもういなくなったよ。これからなにがあっても全力で生きるから。嫌なことも苦しいことも全部吸い込んで、糧《かて》にして生きるよ。

歓声が上がる。

観客が続々と立ち上がり会場が揺れる。

拍手の音はさらにおおきくなり、鳴りやもうとしない。あたしに対する称賛の拍手を浴びながら、Ｆのすごさを思い知る。それと同時に、町田史歌としての至らなさを実感する。町田史歌として生きることを放棄し、Ｆとして生きるようになってから、あたしの人生はおおきく変化した。きっと客観的にはよい方向に進んでいるはずだ。それなのにあたしは、町田史歌としての人生をリタイアした後ろめたさを、ずっと心のどこかで抱き続けている。Ｆとして生きることに夢中になって、そのことに気づかないふりをしている。あの最悪の時期があったからこそいまのあたしがいるはずなのに。

もしも、北並高校に通っていなければ――

もしも、越智友香たちからいじめを受けていなければ――

もしも、転校していなければ――

あたしはＦになれなかったはずだ。

ステージを煌々と照らしていた光がゆっくり消えて、あたしは暗闇に取り残された。そして真っ暗でなにも見えないステージの上で、あたしは仮面を外した。

15・越智友香

母のゴリ押しで温泉宿で年越しをすることが決まった。私に母を祝うための軍資金などあるはずもなく、交通費と宿代、食事代のすべてを母が負担することになった。バスで最寄り駅まで行って、乗客の少ない寂れた電車を乗り継ぎ、兵庫県北西部の湯《ゆ》村温泉《むらおんせん》へとむかった。

街の至る所から湯気が立っていて、私と同年代の人たちが必死にスマホのレンズをむけていた。インスタにでも載せるのだろう。彼女たちがこの街に「映え」を感じるのもよくわかる。そういえば最近インスタもツイッターも開いていなかった。アカネさんの話を聞くまで劣等感に押しつぶされそうになっていた私は、しあわせそうな人たちを目にしてしまうことを自然と避けていた。

「はよ温泉浸かりたいわあ」

隣で目を輝かせている母が言う。一方で私は、今日入る温泉が熱くないことを祈っていた。

旅館につくやいなや母が浴場に行きたいと言うので、休憩もそこそこについていくことにした。年末の宿はかなり混雑していて、ご自慢の露天風呂は人で溢れかえっていた。湯が熱くないかたしかめるようにして、慎重に足先を湯に近づける。濛々《もうもう》と立つ湯気が私の足を覆い隠す。呼吸を整えたあとで、意を決して足先を湯につけた。

あれ……。幼少期のあのトラウマは一体なんだったのだろうと拍子抜けしてしまうほど、湯は私の足を歓迎してくれた。熱いはずなのに、そのまま深くまで足を沈めたいと思う心地よさだった。両足を入れ、全身をゆっくり沈めていく。肩まで浸かって目を瞑る。冷えた身体を解凍するみたいに全身がほぐれていくのがわかった。そのまま鼻から空気を吸い込んで深呼吸をする。露天風呂を囲う木々の香りが流れ込んでくる。正真正銘本物の、森林の香りだった。

夕食の時間になると、部屋に会席料理が運ばれてきた。海鮮がふんだんに使われたコースに母はご満悦そうだった。テレビでは紅白歌合戦が中盤に差しかかっていた。このあとにサプライズケーキとかを用意していれば、母はさらに喜んだのかもしれない。でも私にそんな金銭的余裕はない。そうやってまた落ち込んでいると、母がバッグのなかから包装されたちいさな箱をとりだして私に差しだした。

「これ、友香にプレゼント」

「私に？」

誕生日を迎えた母からのまさかの贈り物に困惑しつつ、おずおずと手を差しだす。そのちいさな箱は見た目以上に軽く、まるでなかになにも入っていないみたいだった。包装を丁寧に剝がし箱を開けると、なかにはミルク味のチロルチョコがひとつだけ入っていた。私が思わず「え？」と声に出すと、母が目尻を下げながら言った。

「うまいことできとるやろ。羊毛フェルトでつくってみてん」

箱のなかのチロルチョコを凝視すると、たしかにそれは本物ではなく羊毛フェルトでつくられていた。あの日リビングで見た赤と白と黒の三色の羊毛フェルトのかたまりが見事に組み上げられて、見覚えのあるあの四角形になっていた。母は、私が実家に帰ると連絡したときからずっと、これを渡すために準備をしていたのか。私の知らないうちにしわが刻まれはじめたその細い両手で、おそらくパートが終わってからせっせとつくってくれていたのか。母に施されてばかりの情けなさと申し訳なさに、胸が締めつけられる。ごめんなさい。なにもできない娘でごめんなさい。いい歳《とし》して迷惑ばっかかけてごめんなさい。それなのに、私を大事にしてくれて、ありがとう。

気づかないようにしていた母への感謝の気持ちが溢れ出て、涙腺《るいせん》が一気に弛緩《しかん》した。

「なんであんたが泣くんよ」

言いながらティッシュを手渡す母の声もまた、か細く震えていた。

「ごめん。なにもしてあげられんくて」

言葉を詰まらせながらも、母に謝罪の意を伝えた。

「こうやって一緒に過ごせるだけでお母さん嬉しいんやで」

「ありがとう。……ほんまにごめん」

私は感謝の想いとともに声を絞りだした。

「お母さんこそごめんな。友香につらい思いいっぱいさせてしもたよな。お母さんは自分の人生しか知らんから、友香にもそうなってほしいと思って色々押しつけすぎたわ。友香を育てとるときは自分の選択を信じたかったんやと思う。こうするのが友香のためや、と思うがあまり、あんたの気持ちを無視してしもた。

ずっと間違っとったわ。あんたのこともっと信じたらよかった。

ほんまにごめんな、友香」

母の言葉が、あのとき埋められなかった溝を満たすようにして私の心のありとあらゆる隙間に浸透していく。取り返すことのできない時間を悔やむような思いで、私たちは肩を寄り添わせながら一緒に涙を流した。部屋に備えつけの少量のティッシュを使い果たす勢いで、何度も何度も濡れた頰を拭った。

——あんたのこともっと信じたらよかった。

母の言葉を何度も反芻する。私たちは互いを信じあえていなかったのだと、やっとわかった。母は母なりの正義を全うしていたのだ。狭い世界で過ごした経験を最大限活《い》かすつもりで私に愛を注いだのだ。

「お母さん、ごめん。私もお母さんのこと全然信じられてへんかったと思う。なんで苦しめることばっか言うんやろとか、なんでなにもわかってくれへんのやろとか、全部お母さんのせいにしとった。お母さんが注いでくれた愛情を、歪んだ考え方で解釈しとった。もっとお母さんのこと信じたらよかった。もっと素直にお母さんと話したらよかった。懲りずにむきあい続けてくれてありがとう。見捨てんといてくれて、ほんまにありがとう」

母への感謝の想いがとめどなく溢れた。

嫌いだったはずのピーマンを食べられるようになるみたいに、トラウマだったはずの温泉に浸かることができるみたいに、改めてそれらにむきあって咀嚼し直すことで、距離を置いていたものを受け入れられるようになることがあるのだと知った。

母が洟《はな》をすすりながら言う。

「あほちゃうか。見捨てるわけないやんか」

笑みをこぼす母につられて、思わず私も口角を上げた。

つけっぱなしになったテレビからFの歌声が聞こえてくる。

どうして　どうして
こんな必死に　生きているのに
こうも私は　報われないのでしょう

どうして　どうして
その理由を　わかってるはずなのに
こうも私は　変われないのでしょう

私の知らない曲を歌っている。それでも彼女の歌声は今日も、私の鼓膜をやさしく撫でようとする。一方で、歌詞が私の胸を抉る。涙でぼやけた視界でテレビを見つめる。Fの歌っている姿がかろうじて判別できる。

彼女は私とちがってずっと前に進んでいる。

決して赦されることのない私たちの過ちのせいで傷ついた心を、彼女はひとりで抱えている。それなのにそこにとどまることなく、着実な足取りで今日も地面を蹴《け》っている。ありとあらゆる苦難を乗り越えて、変化と成長を求める彼女の姿があまりに眩しく思えた。

画面に映っている町田さんは、Fとして完全に新しい人生を歩んでいた。なのに私は……なんてザマだ。ずっとなにかのせいにして、そこから逃げて、自分の過去から目を背け続けて、いじめをしたことも保身のためにすぐ忘れて。母に自分の気持ちを伝えようと奮起することもなく、全部を母のせいにして逃げだすように東京に行った。自分の頭で考えることなく、求められることだけをこなして、コスパがいいだけの最低限のコミュニケーションに縋った。

母のせい。学校のせい。マイたちのせい。地元のせい。会社のせい。世の中のせい……。

全部なにかのせいにした。落ち込むのが面倒だから、嫌われるのが怖いから、そうやって言い訳ばっかして、過去の自分に蓋をした。蓋をしたところで変わるはずがないのに。むしろ腐っていく一方なのに、それにすら気づかないふりをした。

――いままでありのままの自分を見ないふりをしてたというか、受け入れないようにしてたというか……逃避気味だったと思うんだよね。自分の弱いとことかできるだけ見ないようにしてたからさ。

アカネさんが吐露した言葉の意味が、いまようやく正しくわかった気がした。ありのままの自分を認めなくてもいい。褒めなくてもいい。正しいと思わなくてもいい。でも、できない自分をそのまま、受け入れてみる。まずはそれだけでいいんだよと。

アカネさんはそう言いたかったのだろう。私は、ずっと格好つけてばかりいた。腐った私の人生を受け入れなければ、私に未来はない。

豪雪が兵庫県北部を襲うなか、一面の銀世界に似つかわしくない黒のスーツ姿で、足元をふらつかせながら目的地へとむかう。白い息の濃度をチューニングするようにして、ゆっくり呼吸する。

久々に人前に出る緊張と不安に押しつぶされそうになりながら、やわらかい雪を踏みしめる。振り返ってみると私が歩いてきたところにだけ跡が残っている。前方にはひとつも足跡がない。そのなかを一歩、また一歩と進んでいく。段差を踏み外しながら、足を滑《すべ》らせながら進んでいく。

どうなるだろう。私が働いていい場所なのだろうか、とまた不安になる。いますぐにでも引き返したい。踏み固められた雪の上を歩いて、家まで帰りたい。

目的地のすぐそばで立ち止まると、脚が小刻みに震えているのがわかった。ポケットに忍ばせたワイヤレスイヤホンをとりだして、雪上に落とさないよう細心の注意を払いながら耳に装着する。寒さと緊張に指を震わせながら再生ボタンを押すと、イヤホンからＦの歌声が流れて、私は思わず背筋を伸ばした。

Ｆの歌声は私の最強のお守り、そして最強の呪い。

己を鼓舞するため、律するために再生した。

冷たい風が勢いよく私を追い越した。その冷たい空気を一気に肺に吸い込んで、白くおおきい息を吐きだす。事務員採用試験の会場、北並高校の冷たい鉄の校門にそっと触れる。校門に降り積もった雪が私の手のひらに押しつぶされる。私の人生をおおきく変えてしまったあの母校にむかって、私は一歩を踏みだした。

16・町田史歌

「町田さーん。町田史歌さーん」

あたし以外だれもいない町役場の待合室に、無愛想な低い声が響き渡る。

あたしは革張りのソファから腰を上げて三番の受付へとむかった。

「無事に手続きが終わりました。こちらの書類をお持ち帰りください」

アクリル板のむこう側に座る男性職員はそう言って、薄緑の封筒を差しだした。あたしはお礼を言ってそれを受けとり、役場を後にした。

上京してからもこの町に放置したままだった住民票を東京に移すため、きのう、一年ぶりに帰省した。いまさらながら転出届を出し、転出証明書の入った封筒を手に入れた。あたしがこの町を出たという証。東京で生きていくための権利――。町田史歌としての時間を極力減らしたかったあたしは、こういう大事な手続きさえも怠っていた。

帰省することと役場に行くことを電話で両親に伝えると、母は、

「忙しかったら代わりに提出しとこか？」

と言ってくれたが、いまのあたしはこの証明書を自分で受けとりたかった。

これは、いまあたしがやるべきことのひとつだから。Fとしての人生をこのさきも歩むために必要な、町田史歌としての過去にむきあうための儀式だから。Fとしての特殊な時間だけじゃなく、町田史歌としての平凡な時間も大切にして生きてみたい。その時間のなかで友達をつくったり、恋愛をしたり、そういう経験をしてみたい。その第一歩として住民票を移し、町田史歌という生まれ持った名前にむきあってみようと決めた。紅白のステージで、町田史歌がいたからFになれたと実感すると同時に、Fがいるいまなら、町田史歌を認められると思った。豪雪のなか、悴《かじか》む指先でしっかり握りしめた転出証明書の入った封筒を見て、帰ってきてよかったと思えた。

これとは別にもうひとつ、たしかめておきたいことがあった。

そのために役場の前でバスに乗る。交通量が少ないのに無駄に広い道路の上をバスはひたすら走る。窓の外はいつまで経っても真っ白なままだ。降り積もった雪と、その上に重なるように降りしきる雪。あたしが過ごしたあのころとなにも変わらない、この町の懐かしい冬景色。

ほとんど乗客の乗り降りがないまま三十分ほど揺られ、降車ボタンを押した。このバスでしか聞いたことのない「つぎ止まります」という素人っぽい女性の録音音声が、車内の哀愁をさらに強めた。

バス停に到着し、パーツの経年劣化を感じさせる不親切なブレーキが車体をおおきく揺らした。あのころよりも車体が揺れるようになったのか、あたしのバランス感覚が鈍ったのか、どっちなのかはわからなかった。

封筒の入ったトートバッグを大事に抱えたままバスから降りて、やわらかい雪を踏みしめる。バスが発車すると、その奥にまっすぐ延びる雪道が姿を現した。脚が震えはじめる。足元で感じる冷たさが、その震えをさらに悪化させる。

いまあたしがやるべきこと。

Fとしてではなく、町田史歌として。

降りしきる雪のむこう側にうっすら見えるあたしの母校、北並高校にむかって歩みを進めた。

これは、過去にむきあってこれまでの自分を受け入れる儀式。自ら最悪の記憶を呼び覚ますための儀式。町田史歌を苦しめて、それをFが歌にするための儀式。これを通過しなければ、あたしはFとしても町田史歌としても、強くなれないから。だから、絶対に、あそこまで行ってやる。

なるべく雪に足を掬《すく》われないよう、前にだれかが踏みつけた雪の跡の上に足を重ねるようにして歩く。そうしているうちに悪寒はさらにひどくなる。恐怖と寒さと、それ以外のなにかが、あたしの身体を硬直させようとしていた。

それでも、歩く。

眼前を流れる雪の層が薄くなっていき、校門が輪郭を帯びはじめた。教師ふたりがかりで開閉していた重い鉄製の正門が、あたしを迎え入れるかのように開いていた。こっちにおいでと手招きをされている気分だった。

もう、身体も心も限界を感じはじめていた。気がついたときには、なぜか、泣いていた。冷たくなったあたしの頰を温かい涙が伝う。ぽたぽたと足元に落ち、一瞬で雪に吸収されていく。

やっぱり、最悪だった。

帰ってこなければよかった。

あたしはいよいよ堪えられなくなって、獣みたいにうおおと声を上げて哭《な》いた。時間が解決してくれるはずがない。大人になっても赦せるはずがない。それを再確認できたことだけが、いまのあたしにとって救いだった。恐怖に打ち勝つために、あたしは俯いた状態で歌を口ずさんだ。弱々しく震えた歌声が、大雪に冷やされた空気に溶けていく。

さらに歩みを速める。

忘れてしまいたい過去にわざわざ触れてみたとき、意外とそうでもなかったなと思うこともあれば、やっぱり苦しかったよなと思うこともある。でも、そうやって答えあわせしたからこそ、なにが怖かったのか、なにが嫌だったのか、あのときどうしていればよかったのか、を大人になった自分の頭で整理できると信じて、今日ここまでやってきた。

目的地は、すぐそこだ。

やっぱり苦しかったよあたしの人生。でも、それがちゃんとわかってよかった。

あたしは、涙でびしょ濡れになった頬を両手で拭って顔を上げた。

校門まであと一歩のところまで来た。

文庫書き下ろし掌編

0・町田史歌

提出期限まで、あと三日。

まだ、進路希望調査票のぽっかりと空いた記入欄を見つめていた。

かれこれ二時間は経っただろうか。

ここまでくると焦り以上に、虚無感が強くなってくる。あたしは将来どうしたいのだろう。何者なのだろう。何のために生きようとしているのだろう――と自分のちっぽけさに向き合わされる。

調査票には「就きたい職業」と「志望校」を記入する欄がある。

週明けに提出しなければならないのにあたしはそのどちらも埋められずにいた。

今のあたしが興味のあるものといえば音楽くらいしかない。

クラシック音楽好きの父の影響で幼い頃から音楽に触れてきた。クラシックのコンサートに連れて行ってもらったり、ピアノを習わせてもらったり。親子三人で頻繁にカラオケにも行った。クラシックだけでなくポップスにも興味があって、父や母とデュエットで歌う時間が大好きだ。だから音楽に触れる時間は人一倍多かったという自負がある。

けれど——音楽の世界で活躍する人みたいに、輝いた才能があたしにはない。ピアノだってまあまあ弾ける程度だし、歌だってプロになれるほどの技術はない。それを補うための、人間としての深みもまだない。

無邪気に「ピアニスト」とか「歌手」と書けるような楽観的な性格だったらよかったのに、と自分の臆病さにほとほとうんざりした。まあ実際、それほど大きな夢を豪語したとて周りの人に鼻で笑われるだけかもしれないが。

この調査票を参考にして三者面談を実施すると担任の先生は言っていた。もしも空欄のまま提出したら、母と先生はひどく落胆するかもしれない。

そんなプレッシャーもあって、ますます進路を考えられなくなっていた。

他人から見れば軽く吹き飛んでしまう塵のような悩みだけれど、あたしにとっては人生を賭けた重大な決断だ。

明け方まで悩み続けても進展はなく、土曜日の朝を迎えた。

今夜は母の好きなフォークソングデュオのライブを観るために神戸《こうべ》へ行く。母の誕生日プレゼントとして父がチケットを用意した。母は十年ほど前からファンなのに、一度も生歌を聴いたことがない。家計のことを気にしてか、父やあたしの興味があるものに付き添ってくれるばかりだった。「ライブに行きたい」という本音を言わない母の奥ゆかしさと、そんな母を気遣う父の温かさが愛おしかった。

徹夜明けのままライブに行くのは体力的に心許《こころもと》ないので、家を出る昼過ぎまで眠ることにした。

ベッドに横たわると、あっという間に睡魔が襲ってきた。

ようやく眠れたと思った矢先。

「史歌。そろそろ起きんと」

と廊下から母の声がした。

時計に目をやると、針は出発予定時刻の三十分前を指していた。一瞬だと思っていた睡眠時間は、すでに四時間も経過していたらしい。

こういうときに感じる気持ちを「ぐっすり眠れた」と呼ぶべきか、「損した気持ち」と言うべきかは何度経験してもわからない。感覚的にはかなり「損」に近い。

「すぐ準備するー」

寝惚《ねぼ》け眼《まなこ》をこすりながら身支度をして、出発の時間になんとか間に合った。こういうときにすぐ着られるパーカーをあたしは愛用している。最初に作った人に感謝の言葉を届けたいくらいだ。

「これ」

車での移動中、母がおにぎりをくれた。

「ライブ中にお腹空くかもしれんから食べとく？」

「たしかに。腹が鳴ったらまわりの人に迷惑かけるもんな」

母はあたしにくれたのと同じおにぎりのラップを剝《む》いて、運転中の父の口元へ運んだ。

「美味《うま》いなあ」

父のとろけるような笑顔がバックミラーに映った。

会場に到着したのは開演十五分前。メガホンを持った大勢のスタッフがあちこちで誘導する声が響き渡っていた。その声同士がぶつかりあって、何を言っているのか判別できない。けれどその様子が、開演間近の緊張感を演出していた。今日は母の付き添いの気持ちで参加するのに、自然と背筋が伸びた。

入場後、着席する前にトイレに寄っておくことにした。

個室の扉を閉めると、そこにはライブ会場の求人広告が貼られていた。

ライブへの期待感ですっかり忘れそうになっていた進路希望調査のことが頭をよぎり、一気に鬱々《うつうつ》とした感情へと引きずり込まれた。こうして休日を謳歌している間にも、提出期限は刻一刻と迫っているのだ。このあと、純粋な気持ちでライブを楽しめるだろうかと不安になった。

パーカーの紐を指でつまむ――。

小学生のころからの癖だった。

こうしていると、なんだか心が安らぐ。

あたしにとって、おまじないみたいなものだ。

両親と合流して、チケットに書かれた座席へと向かった。

数千人にもおよぶ観客たちが、アーティストの登場を今か今かと待ち侘《わ》びている。

グッズショップで買ったばかりのタオルを開封したり、ペンライトの電池を再確認したり、立ち上がって会場を見回したりと、浮足立った様子だ。

アリーナ席の後方から前方へとまっすぐ伸びる通路を歩いて、ようやく座席に腰を下ろした。

父が当てた座席は、アリーナ中央四列目。

近い。すぐ目の前にステージがある。

席についた母は、夏祭りにはしゃぐ子どものような輝いた目をしていた。

「お父さん、ありがとう」

母はそう言って、父の右手に左手を重ねた。

父はなにも言わずに母の目を見て、嬉しそうに微笑《ほほえ》んだ。

会場内の照明がすこしずつ暗くなっている気がして、あたしは周りを見渡した。

果てしなく後方まで広がった無数の光源が段階的に消えていく。あまりの壮大さに、バチン、バチン、とブレーカーを落とす音が聴こえるかのような錯覚に陥る。

会場中がざわめく。

最後に残された明かりが消え、完全な暗闇へ誘われたその瞬間。

足元を揺らす大きな歓声が沸き起こった。

と同時に、会場中の観客たちが一斉に立ち上がる。

ファンの熱量に圧倒されたあたしはワンテンポ遅れるかたちで起立した。

隣に立つ母は胸元でちいさく拍手をしている。その慎ましい動作とは対照的に、母の首筋には鳥肌が見えた。心の底から今日という日を楽しみにしていたのだろう。普段見ることのできない母の姿を目にして、あたしはなんだか嬉しくなった。

後方から一直線に伸びたスポットライトの光がステージを照らし、アーティストのふたりが姿を現した。歓声は最高潮に達した。

昂《たか》ぶった観客たちをやさしく宥《なだ》めるように、ステージに立つふたりは力強く温かい声で歌いだした。会場内の空気が一瞬にして変化する。

アカペラから始まったその歌に、あたしはぐっと心を摑まれた。

おもわず半歩、ステージのほうに引き寄せられた。

聴《き》き惚《ほ》れる母を観察したいのに、あたしの視線はステージ上の彼らに釘付《くぎづ》けになった。

アンコールを含めて三時間にもおよんだライブは一瞬のように感じられた。

母は瞬《まばた》きをすることを忘れたかのように、ステージの二人に釘付けになっていた。ファンとして十年間追い続けてきた彼らの生歌を、大切そうに聴いていた。アンコールで「懐かしい曲を歌います」と披露されたあたしの知らない曲も、母は興奮を隠しきれない様子で喜んでいた。そんな母の姿がとても愛おしかった。

あたしの心は充実感と多幸感で溺《おぼ》れそうになるくらい、たっぷりと満たされていた。

終演アナウンスが流れている。

それでもあたしは放心状態のまま、その場に立っていた。

すると、隣にいる母がちいさく呟《つぶや》いた。

「よかった……」

その声を聞いて、あたしは母のほうに振り向いた。

向かい側にいる父も母を見ていた。

「ほんまによかった」

母はそう言ってから、目元から溢れ出る涙を拭った。

ずっと我慢していたのかもしれない。澄んだ視界で彼らを見つめるために、涙を流さないようにしていたのかもしれない。その堪《こら》えきれなかった感情が終演とともに決壊し、涙がこぼれ落ちているみたいだった。

十年越しに生歌を聴けたとか、家族みんなでライブを観られたとか、そういう理性の残った涙ではないように思えた。もっと直感的な涙のような気がした。

その涙を見て、あたしの目元も湿っていることに気がついた。

父は母の肩をやさしく抱き寄せた。

「ええライブやったな」

父の腕の中の母はその言葉に同調するように、肩を震わせながら頷いた。

そんな両親の姿は、きっとこの大きな会場中で一番、美しかった。


ライブ会場からの帰り道、父が運転する車の後部座席であたしは揺られていた。

会場の熱気が、あたしたち家族を媒介して充満しているような気がした。

あたしは手元のスマホから、今日のセットリスト順に曲を再生していた。

母はリズムに合わせて肩を揺らし、時折、口ずさんだ。

「史歌も楽しかった？」

「めっちゃ楽しかった」

「え？　なんて？　聞こえん」

互いにうまく聞き取れない家族での会話も、いつもよりカーステレオのボリュームを上げないといけないことも、ライブのお土産みたいで嬉しかった。

音楽の力ってやっぱりすごい。

父に連れられてクラシックのコンサートに何度も足を運び、幾度となく感動してきたけれど、今日のライブは一味違った喜びがあった。

それはやはり、感極まる母の姿を見られたことが一番の理由だった。

いつも笑顔で父やあたしを支えてくれている母の、心の奥底に隠した感情が、音楽の力によってずるずると引っ張り出されていくのを目の当たりにしたからだ。

音楽はいつも、抑えていたはずの感情をあらわにしてくれて、いまだかつて体験したことのない感情を教えてくれる。数十年ぶりに再会した喜び。大切な人を失う悲しさ。手の届かないもどかしい恋の苦しさ。あたしが経験していないことを、音楽はたくさん知っている。

あたしもあんなふうに誰かを感動させられたらな——。

アーティストに対する敬意と羨望がふつふつと湧き起こってくる。

なれるわけないじゃん。

びしっと言ってやりたい冷静な自分が、瞬時に顔を覗《のぞ》かせる。

じゃあせめて、音楽のすぐそばにいたい。

人生の、できるだけ長い時間を、音楽とともに過ごしたい。

ピアニストになれなくてもいい。歌手になれなくてもいい。それでもずっと、音楽に触れていられるような生き方をしたい。

それはつまり——「音楽業界で働きたい」ということ……？

そう一言でまとめてしまうと、途端に、自信を失った。

周囲の人から「ピアノ上手だね」と言われて嬉しかったとしても、「特技はピアノです」と自分の口で言ってしまった瞬間、さっきまでの喜びはプレッシャーへと変貌する。進路希望調査票に「音楽関係」と書くのは、そんな怖さがある。

あくまで「希望」だということを頭では理解していても、その分野に関する適性が少なからず自分にはあると言い切ってしまっているような感覚に陥る。

後部座席から見える両親たちの後ろ姿はずっと音楽に合わせて揃った方向に揺れていて、それを眺めているいまのあたしはとても幸せだ。

もしも、いつか自分が携わった音楽が彼らの肩を揺らすなら、それはいま以上に幸福であるにちがいない。

自分の夢を言葉にしてしまうのは本当に怖い。

けれど、いまのあたしにはその未来しか想像できない。

自信はないけれど、まずは、あの紙にこの気持ちを書こう。

そう決意したあたしの胸は清々《すがすが》しいほどに晴れていた。

音楽関係の仕事に就くことを夢見ながら過ごす時間を想像する。いままで以上に音楽にたくさん触れて、刺激を受けて、感性を磨きたい。今日、音楽があたしの人生を変えてくれたみたいに、あたしも悩んでいるだれかに音楽を通じて手を差し伸べたい。

つぎの春からはじまる高校生活が、途端に楽しみになった。

解説

吉田大助

自分を変えたい、と願うことがある。自分を変えろ、と言われることがある。けれど、どのようにして？　一足飛びで、あっという間に変わることなどまず無理だ。変わるために必要な長い道のりの、最初の一歩の踏み出し方。この物語は、そのことを教えてくれる。

本書『匿名』は、小説家・柿原朋哉のデビュー作だ。二〇二二年八月に単行本が刊行され、今回の文庫化にあたり本編のスピンオフと位置付けられるショートショートが書き下ろされた。

映像作家としての顔も持つ著者は、チャンネル登録者数一四〇万人超えの二人組ＹｏｕＴｕｂｅｒ『パオパオチャンネル』で、「ぶんけい」という名前で活動していた。二〇二〇年五月にはエッセイ集『腹黒のジレンマ』（ＫＡＤＯＫＡＷＡ）を刊行しており、その際の名義はぶんけいだ。柿原朋哉は、本名である。

実は、二〇一〇年代末以降の出版界は、ＹｏｕＴｕｂｅｒのエッセイ集がベストセラーリストを彩っている。ＹｏｕＴｕｂｅｒの動画は九九パーセントがドキュメンタリーであり生き様のノンフィクションであるため、エッセイ集と相性がいいのだ。しかし、ＹｏｕＴｕｂｅｒとしての経験をそのままアウトプットするのではなく、フィクションへと変換させるやり方もあるのではないか？　その挑戦心が、エッセイとは異なる、本名名義が選ばれた理由の一端であるように思う。商業出版では通常、過去の既刊本と全く同じタイトルを新刊には付けられない。おそらく「匿名」の二文字オンリーは、誰かが使っていそうで、まだ誰も使ったことのないタイトルだった。この一点だけ取っても、柿原朋哉が文芸の世界に新しい風を吹き込んでいることがわかる。

物語は、二人の語り手をスイッチしながら進んでいく構成が採用されている。書き出しの一文は、〈あと一歩のところまで来た〉。「私」は渋谷のスクランブル交差点を見下ろすビルの屋上から、飛び降りようとしていた。その刹那《せつな》、各所に設置された五つの街頭ビジョンから、ミュージックビデオらしき映像が流れ始める。「Ｆ《エフ》」という名の新人覆面女性アーティストの歌声に、「私」は魅了される。〈彼女が私のために歌ってくれているみたいだった。きっと私と目を合わせて、私にむかって歌っている。

まるで、私を引き止めるように〉。そして、死ぬことを諦める。

この「私」こそが、一人目の語り手である越智友香だ。「超がつくド田舎」を出て渋谷の一等地にある会社で契約社員として働く二五歳の彼女は、自己肯定感が低く他人の顔色を窺いながら生きてきた人だ。衝動的な自死の欲望から帰還した後は、ツイッター（現・X《エックス》）で匿名のファンアカウントを開設し、「現役女子高生」とのみ公開されているFの情報を仕入れることが彼女の人生にとって喜びとなっていく。いつかFと会ってお礼を言いたい。そう願う姿は純粋だったが、いつからかFについての情報を集める行為が、Fの正体を暴く方向へとスライドしていく。

次いで現れるもう一人の語り手が、Fだ。〈過去を乗り越えてここまで来た〉。そう語る彼女もまた友香と同じように、匿名の自分となることで生まれ変わった過去があった。既発表楽曲をカバーする「歌ってみた」の動画をネットに投稿したところ、その歌声が評価されて大手レコード会社からスカウト、Fという名前でメジャーデビューを果たしたのだ。信頼するマネージャーのアドバイスを受け、セカンドシングルからは自ら作詞も手がけるようになり、やがて人気は国民的なものとなるが……。

先に言及した通り、著者はトップＹｏｕＴｕｂｅｒとして活動してきた経験の持ち主だ。自身の体験を素材として表現したのではないかと感じられる箇所が、Ｆのパートでは多々見受けられる。例えば、初めて動画がバズった日、沸騰するコメント欄を見ながら彼女はこんなことを思う。〈みんながあたしのことを、うっすらと愛してくれている。軽薄な愛に出会ったのはこのときがはじめてだった。その愛に甘えようものなら簡単に見放されてしまいそうな適度な距離感で、重厚な嫌悪よりも接し方が難しいと思った〉。この一文を記すに際して、小説に書いてあることが自分の思考や価値観とイコールで結びつけられてしまう……そんな怖さが書き手の内側をよぎったかもしれない。しかし、自己防衛的判断を振り切って書いていったからこそ、作中でざらりとした感触が要所要所に漂うこととなった。練り上げられた文章はなめらかでリーダビリティが高いが、あなたはどうなんですか、共感しますか反感を持ちますか、という一文が時おり顔を出すのだから油断ならない。

サスペンスフルな物語の展開も魅力的だ。ファンとアーティスト、かけ離れた存在である二人の運命はいつどのように交錯するのか？　その交錯がクライマックスに待ち構えている、と予想した人は少なくなかっただろう。しかし、本編全体の三分の二に差し掛かったところで、二人は意外なかたちで出会う。実はここからが、この物語の真のスタートだ。と同時に、この物語の真のゴールは何かがそこでうっすらと見えてくる。本稿の冒頭で示した通りだ。自分を変えるにはどうしたらいいか、ということ。

一つ目の答えは、物語の序盤の段階で明かされている。ファンアカウントで「没落」と名乗った友香や、F――本名は史歌――のように、匿名の自分を作ることだ。ここには、ネット文化における匿名性の捉え方の変化が反映されているように思う。一昔前までは、匿名掲示板の投稿はデフォルトで「名無しさん」とクレジットされるように、匿名＝名前がなくなるという意味が主流だった。それゆえ匿名に対しては、実名で書き込めよ、という否定的な反応が大きかった。ところが、ネット文化の中心がSNSとなった現在は、匿名＝本名の自分とは別の名前（アカウント名）を作る、という意味にシフトしている。匿名は人生の可能性を広げるための当たり前の手段の一つである、そんな肯定的感触が小説内に染み込んでいるのだ。デジタルネイティブ＝Z世代の書き手である著者が文芸の世界に吹き込んだ新しさは、ここからも感じられる。

しかし、問いはここで終わらない。本名の自分、本当の自分を変えたいと本気で思ったならばどうしたらいいか？　この物語は、全く異なる人生や立場を歩んできた友香とFが、一つの同じ結論に辿り着く姿を描き出している。それは、「変わる」の前段階に関わる。弱い自分、ありのままの自分と向き合い、「自分を受け入れる」ことだ。文庫のために書き下ろされたショートショートも、まさに「自分を受け入れる」にまつわる物語である。

単行本刊行時のインタビューで、「自分を受け入れる」ことの大切さについて柿原はこう答えていた。

〈そう思うようになったきっかけは、インスタのストーリーズでファンの方からの質問に答えた時でした。「自己肯定感が低いんですが、どうしたらいいですか」という質問に対して、自分で話しながら「あっ、そうかも」となったのは、自己肯定感というものは自分がすごい人間であるとか、他人と比べて優れた人間であれば高くなるものではなくて、自分で自己を肯定できていればいいわけですから、自分にどんな長所があるのか、短所があるのかを知ることだけでも自己肯定感を高めることに繋がるんですよね。そういう意味では、僕はめちゃめちゃ自己肯定感が高いんです。それは自分に自信があるわけじゃなくて、ＹｏｕＴｕｂｅｒとして活動していた頃はコメント欄で毎日のように自分に対する評価を受けていたこともあり、自分の長所短所を知っているからです。「変わりたい」と思っている自分のことも、意外と愛せるかもしれない。そういった提案をエッセイでそのまま書くと、「うわっ。メッセージだ」とシラけちゃう人もいると思うんですよ。でも、小説にすれば、僕の言葉ではなく登場人

物の言葉として出すことができる。物語の中に紛れ込ませることで、スッと届くものになると思うんです〉

自分を「受け入れる」ことから、「変わる」が始まる——その真実に直面した瞬間の友香とFの姿は、もしも映像にしたならば、それぞれが静かに佇んでいるだけの姿を映し出すことになるだろう。けれど、彼女たちの内面では途轍もない爆発が起きている。登場人物たちの語りにシンクロし、感情移入してきた読者は、その爆発を自分のものとして受け止めることになる。主人公二人の濃密な内面描写を用いたテーマの掘り下げは、小説というジャンルを選び取ったからこそ成し遂げることができた。柿原朋哉はデビュー作で、「面白い物語」を書いたのではない。「面白い小説」を書いたのだ。

著者の経歴を少しだけ振り返りたい。

一九九四年一一月、兵庫県洲本市出身。高校で放送部に入り短編映画を製作していた少年は、二年生の時に同級生の男子と「理系文系」のユニット名で、ニコニコ動画に「踊ってみた」(ボーカロイド曲などにオリジナルの振り付けをつけて踊る動画)の動画を投稿、表現する喜びと共に視聴者からリアクションを得る楽しさを知る。立命館大学映像学部一年生の時、「踊ってみた」のイベントで出会った@小豆と意気投合、男女二人組YouTuber『パオパオチャンネル』の動画投稿を二〇一七年二月から開始した。「踊ってみた」以外にも企画力のあるさまざまな動画を投稿し、ほのぼの温かなトークの中に時おり入り込む、人生の懊悩に関するシリアスな受け答えも熱い支持を獲得。二〇一九年一月には、チャンネル登録者数百万人を突破した。そして二〇二二年四月、登録者数一四〇万人超えとなった『パオパオチャンネル』の活動を終了させた後、クリエイターとして新たに挑戦した表現ジャンルが、小説だった。

先ほどのインタビューで、柿原はこんなことも語っていた。〈今一番思っていることは、小説を書くことで生きていけたら一番幸せ、ということです。そのために、ちゃんとみなさんが読みたいと思うものを書きたい。それは媚《こ》びるという意味ではなくて、今の世の中に必要な物語を見抜いて書き切る作家になりたいと思います〉。第二作刊行のアナウンスは残念ながらまだ届いていないが、確信できる。この人は、書き続ける。今まさに、書き続けている。

新作を待ち望むクリエイターが存在することは、未来を生きる根拠になる。柿原朋哉の新作を、楽しみに待ちたい。

本書は二〇二三年八月、小社より刊行されたものです。

|著者|柿原朋哉　1994（平成６）年、兵庫県洲本市生まれ。立命館大学映像学部を中退し、映像制作会社「株式会社ハクシ」を設立。二人組YouTuber「パオパオチャンネル」（チャンネル登録者140万人）として活動したのち、2022（令和４）年、『匿名』（本書）でデビュー。

匿名《とくめい》

柿原朋哉《かきはらともや》

2023年12月15日第１刷発行

発行者──髙橋明男
発行所──株式会社　講談社
東京都文京区音羽2-12-21　〒112-8001
電話　出版（03）5395-3510
　　　販売（03）5395-5817
　　　業務（03）5395-3615

Printed in Japan

講談社文庫
定価はカバーに
表示してあります

KODANSHA

デザイン─菊地信義
本文データ制作─講談社デジタル製作
印刷───株式会社KPSプロダクツ
製本───株式会社国宝社

ISBN978-4-06-534105-6

講談社文庫刊行の辞

二十一世紀の到来を目睫に望みながら、われわれはいま、人類史上かつて例を見ない巨大な転換期をむかえようとしている。

世界も、日本も、激動の予兆に対する期待とおののきを内に蔵して、未知の時代に歩み入ろうとしている。このときにあたり、創業の人野間清治の「ナショナル・エデュケイター」への志を現代に甦らせようと意図して、われわれはここに古今の文芸作品はいうまでもなく、ひろく人文・社会・自然の諸科学から東西の名著を網羅する、新しい綜合文庫の発刊を決意した。

激動の転換期はまた断絶の時代である。われわれは戦後二十五年間の出版文化のありかたへの深い反省をこめて、この断絶の時代にあえて人間的な持続を求めようとする。いたずらに浮薄な商業主義のあだ花を追い求めることなく、長期にわたって良書に生命をあたえようとつとめるところにしか、今後の出版文化の真の繁栄はあり得ないと信じるからである。

同時にわれわれはこの綜合文庫の刊行を通じて、人文・社会・自然の諸科学が、結局人間の学にほかならないことを立証しようと願っている。かつて知識とは、「汝自身を知る」ことにつきていた。現代社会の瑣末な情報の氾濫のなかから、力強い知識の源泉を掘り起し、技術文明のただなかに、生きた人間の姿を復活させること。それこそわれわれの切なる希求である。

われわれは権威に盲従せず、俗流に媚びることなく、渾然一体となって日本の「草の根」をかたちづくる若く新しい世代の人々に、心をこめてこの新しい綜合文庫をおくり届けたい。それは知識の泉であるとともに感受性のふるさとであり、もっとも有機的に組織され、社会に開かれた万人のための大学をめざしている。大方の支援と協力を衷心より切望してやまない。

一九七一年七月

野間省一

芥川龍之介　藪の中
有吉佐和子　新装版 和宮様御留
阿刀田 高　ナポレオン狂
阿刀田 高　新装版 ブラック・ジョーク大全
安房直子　春の窓〈安房直子ファンタジー〉
相沢忠洋　「岩宿」の発見〈幻の旧石器を求めて〉
赤川次郎　偶像崇拝殺人事件
赤川次郎　人間消失殺人事件
赤川次郎　三姉妹探偵団
赤川次郎　三姉妹探偵団2〈キャンパス篇〉
赤川次郎　三姉妹探偵団3〈珠美・初恋篇〉
赤川次郎　三姉妹探偵団4〈怪奇篇〉
赤川次郎　三姉妹探偵団5〈復讐篇〉
赤川次郎　三姉妹探偵団6〈危機一髪篇〉
赤川次郎　三姉妹探偵団7〈駈け落ち篇〉
赤川次郎　三姉妹探偵団8〈人質篇〉
赤川次郎　三姉妹探偵団9〈青ひげ篇〉
赤川次郎　三姉妹探偵団10〈父恋し篇〉
赤川次郎　死が小径をやってくる〈三姉妹探偵団11〉

赤川次郎　死神のお気に入り〈三姉妹探偵団12〉
赤川次郎　次女と野獣〈三姉妹探偵団13〉
赤川次郎　心地よい悪夢〈三姉妹探偵団14〉
赤川次郎　ふるえて眠れ、三姉妹〈三姉妹探偵団15〉
赤川次郎　三姉妹、呪いの道行〈三姉妹探偵団16〉
赤川次郎　三姉妹、初めてのおつかい〈三姉妹探偵団17〉
赤川次郎　恋の花咲く三姉妹〈三姉妹探偵団18〉
赤川次郎　月もおぼろに三姉妹〈三姉妹探偵団19〉
赤川次郎　三姉妹、ふしぎな旅日記〈三姉妹探偵団20〉
赤川次郎　三姉妹、清く貧しく美しく〈三姉妹探偵団21〉
赤川次郎　三姉妹と忘れじの面影〈三姉妹探偵団22〉
赤川次郎　三姉妹、舞踏会への招待〈三姉妹探偵団23〉
赤川次郎　三人姉妹殺人事件〈三姉妹探偵団24〉
赤川次郎　三姉妹、さびしい入江の歌〈三姉妹探偵団25〉
赤川次郎　三姉妹、恋と罪の峡谷〈三姉妹探偵団26〉
赤川次郎　静かな町の夕暮に
赤川次郎　キネマの天使〈レンズの奥の殺人者〉
新井素子　グリーン・レクイエム〈新装版〉
安能務 訳　封神演義 全三冊

安西水丸　東京美女散歩
綾辻行人　殺人方程式〈切断された死体の問題〉
綾辻行人　鳴風荘事件 殺人方程式II
綾辻行人　十角館の殺人〈新装改訂版〉
綾辻行人　水車館の殺人〈新装改訂版〉
綾辻行人　迷路館の殺人〈新装改訂版〉
綾辻行人　人形館の殺人〈新装改訂版〉
綾辻行人　時計館の殺人〈新装改訂版〉
綾辻行人　黒猫館の殺人〈新装改訂版〉
綾辻行人　暗黒館の殺人 全四冊
綾辻行人　びっくり館の殺人
綾辻行人　奇面館の殺人(上)(下)
綾辻行人　どんどん橋、落ちた〈新装改訂版〉
綾辻行人　緋色の囁き〈新装改訂版〉
綾辻行人　暗闇の囁き〈新装改訂版〉
綾辻行人　黄昏の囁き〈新装改訂版〉
綾辻行人　人間じゃない〈完全版〉
綾辻行人ほか　7人の名探偵
我孫子武丸　探偵映画

我孫子武丸　新装版8の殺人
我孫子武丸　眠り姫とバンパイア
我孫子武丸　狼と兎のゲーム
我孫子武丸　新装版殺戮にいたる病
我孫子武丸　修羅の家
有栖川有栖　ロシア紅茶の謎
有栖川有栖　スウェーデン館の謎
有栖川有栖　ブラジル蝶の謎
有栖川有栖　英国庭園の謎
有栖川有栖　ペルシャ猫の謎
有栖川有栖　幻想運河
有栖川有栖　マレー鉄道の謎
有栖川有栖　スイス時計の謎
有栖川有栖　モロッコ水晶の謎
有栖川有栖　インド倶楽部の謎
有栖川有栖　カナダ金貨の謎
有栖川有栖　新装版マジックミラー
有栖川有栖　新装版46番目の密室
有栖川有栖　虹果て村の秘密
有栖川有栖　闇の喇《らっ》叭《ぱ》
有栖川有栖　真夜中の探偵
有栖川有栖　論理爆弾
有栖川有栖　名探偵傑作短篇集　火村英生篇
浅田次郎　勇気凜凜ルリの色
浅田次郎　霞町物語
浅田次郎　ひとは情熱がなければ生きていけない〈勇気凜凜ルリの色〉
浅田次郎　シェエラザード(上)(下)
浅田次郎　歩兵の本領
浅田次郎　蒼穹の昴　全四巻
浅田次郎　珍妃の井戸
浅田次郎　中原の虹　全四巻
浅田次郎　マンチュリアン・リポート
浅田次郎　天《てん》子《し》蒙《もう》塵《じん》　全四巻
浅田次郎　天国までの百マイル
浅田次郎　地下鉄《メトロ》に乗って〈新装版〉
浅田次郎　おもかげ
浅田次郎　日輪の遺産〈新装版〉
青木玉　小石川の家
天樹征丸　画・さとうふみや　金田一少年の事件簿　小説版〈オペラ座館・新たなる殺人〉
天樹征丸　画・さとうふみや　金田一少年の事件簿　小説版〈雷祭《いかずちまつり》殺人事件〉
阿部和重　アメリカの夜
阿部和重　グランド・フィナーレ
阿部和重　A　B　C〈阿部和重初期作品集〉
阿部和重　ミステリアスセッティング
阿部和重　IP/NN　阿部和重傑作集
阿部和重　シンセミア(上)(下)
阿部和重　ピストルズ(上)(下)
阿部和重　アメリカの夜　インディヴィジュアル・プロジェクション〈阿部和重初期代表作Ⅰ〉
阿部和重　無情の世界　ニッポニアニッポン〈阿部和重初期代表作Ⅱ〉
甘糟りり子　産む、産まない、産めない
甘糟りり子　産まなくても、産めなくても
赤井三尋　翳《かげ》りゆく夏
あさのあつこ　NO.6〔ナンバーシックス〕#1
あさのあつこ　NO.6〔ナンバーシックス〕#2
あさのあつこ　NO.6〔ナンバーシックス〕#3
あさのあつこ　NO.6〔ナンバーシックス〕#4
あさのあつこ　NO.6〔ナンバーシックス〕#5

講談社文庫　目録

あさのあつこ　NO.6〔ナンバーシックス〕#6
あさのあつこ　NO.6〔ナンバーシックス〕#7
あさのあつこ　NO.6〔ナンバーシックス〕#8
あさのあつこ　NO.6〔ナンバーシックス〕#9
あさのあつこ　NO.6beyond〔ナンバーシックス・ビヨンド〕
あさのあつこ　待ってる〈橘屋草子〉
あさのあつこ　さいとう市立さいとう高校野球部 (上)(下)
あさのあつこ　甲子園でエースしちゃいました〈さいとう市立さいとう高校野球部〉
あさのあつこ　おれが先輩？〈さいとう市立さいとう高校野球部〉
阿部夏丸　泣けない魚たち
朝倉かすみ　肝、焼ける
朝倉かすみ　好かれようとしない
朝倉かすみ　ともしびマーケット
朝倉かすみ　感応連鎖
朝倉かすみ　たそがれどきに見つけたもの
朝比奈あすか　憂鬱なハスビーン
朝比奈あすか　あの子が欲しい
天野作市　気高き昼寝
天野作市　みんなの旅行

青柳碧人　浜村渚の計算ノート
青柳碧人　浜村渚の計算ノート 2さつめ〈ふしぎの国の期末テスト〉
青柳碧人　浜村渚の計算ノート 3さつめ〈水色コンパスと恋する幾何学〉
青柳碧人　浜村渚の計算ノート 3と1/2さつめ〈ふえるま島の最終定理〉
青柳碧人　浜村渚の計算ノート 4さつめ〈方程式は歌声に乗って〉
青柳碧人　浜村渚の計算ノート 5さつめ〈鳴くよウグイス、平面上〉
青柳碧人　浜村渚の計算ノート 6さつめ〈パピルスよ、永遠に〉
青柳碧人　浜村渚の計算ノート 7さつめ〈悪魔とポタージュスープ〉
青柳碧人　浜村渚の計算ノート 8さつめ〈虚数じかけの夏みかん〉
青柳碧人　浜村渚の計算ノート 8と2分の1さつめ〈つるかめ家の一族〉
青柳碧人　浜村渚の計算ノート 9さつめ〈恋人たちの必勝法《マーチンゲール》〉
青柳碧人　浜村渚の計算ノート 10さつめ〈ラ・ラ・ラ・ラマヌジャン〉
青柳碧人　霊視刑事夕雨子《ゆうこ》1〈誰かがそこにいる〉
青柳碧人　霊視刑事夕雨子2〈雨空の鎮魂歌《レクイエム》〉
朝井まかて　花《はな》競《くら》べ〈向嶋なずな屋繁盛記〉
朝井まかて　ちゃんちゃら
朝井まかて　すかたん
朝井まかて　ぬけまいる
朝井まかて　恋歌

朝井まかて　阿《お》蘭《らん》陀《だ》西《さい》鶴《かく》
朝井まかて　藪医《やぶい》 ふらここ堂
朝井まかて　福袋
朝井まかて　草々不一
歩《あゆみ》 りえこ　ブラを捨て旅に出よう〈貧乏乙女の"世界一周"旅行記〉
安藤祐介　営業零《ぜろ》課《か》接待班
安藤祐介　被取締役《とりしまられやく》新入社員
安藤祐介　おい！山田〈大翔製菓広報宣伝部〉
安藤祐介　宝くじが当たったら
安藤祐介　一〇〇〇ヘクトパスカル
安藤祐介　テノヒラ幕府株式会社
安藤祐介　本のエンドロール
青木理　絞首刑
麻見和史　石の繭〈警視庁殺人分析班〉
麻見和史　蟻《あり》の階段〈警視庁殺人分析班〉
麻見和史　水晶の鼓動〈警視庁殺人分析班〉
麻見和史　虚空の糸〈警視庁殺人分析班〉
麻見和史　聖者の凶数〈警視庁殺人分析班〉
麻見和史　女神の骨格〈警視庁殺人分析班〉

講談社文庫　目録

麻見和史　蝶の力学〈警視庁殺人分析班〉
麻見和史　雨色の仔羊〈警視庁殺人分析班〉
麻見和史　奈落の偶像〈警視庁殺人分析班〉
麻見和史　鷹《たか》の砦《とりで》〈警視庁殺人分析班〉
麻見和史　凪《なぎ》の残響〈警視庁殺人分析班〉
麻見和史　天空の鏡〈警視庁殺人分析班〉
麻見和史　深紅の断片〈警防課救命チーム〉
麻見和史　邪神の天秤〈警視庁公安分析班〉
麻見和史　偽神の審判〈警視庁公安分析班〉
有川　浩　三匹のおっさん
有川　浩　三匹のおっさん　ふたたび
有川　浩　ヒア・カムズ・ザ・サン
有川　浩　旅猫リポート
有川ひろ　アンマーとぼくら
有川ひろ　ほか　ニャンニャンにゃんそろじー
荒崎一海　門前仲町〈九頭竜覚山　浮世綴㈠〉
荒崎一海　蓬莱橋雨景〈九頭竜覚山　浮世綴㈡〉
荒崎一海　寺町哀感〈九頭竜覚山　浮世綴㈢〉
荒崎一海　小《お》名《な》木《き》川《がわ》〈九頭竜覚山　浮世綴㈣〉

荒崎一海　一色町雪花〈九頭竜覚山　浮世綴㈤〉
朱野帰《かえ》子《こ》　駅物語
朱野帰子　対岸の家事
東　浩紀　一般意志2・0〈ルソー、フロイト、グーグル〉
朝倉宏景　白球アフロ
朝倉宏景　野球部ひとり
朝倉宏景　つよく結べ、ポニーテール
朝倉宏景　あめつちのうた
朝倉宏景　エール〈夕暮れサウスポー〉
朝井リョウ　スペードの3
朝井リョウ　世にも奇妙な君物語
有沢ゆう希　末次由紀　原作　〈小説〉ちはやふる　上の句
有沢ゆう希　末次由紀　原作　〈小説〉ちはやふる　下の句
有沢ゆう希　末次由紀　原作　〈小説〉ちはやふる　結び
有沢ゆう希　小説　パーフェクトワールド〈君といる奇跡〉
有沢ゆう希　原作：金田一蓮十郎　脚本：徳永友一　小説　ライアー×ライアー
秋川滝美　幸《こう》腹《ふく》な百貨店
秋川滝美　幸腹な百貨店〈デパ地下おにぎり騒動〉
秋川滝美　幸腹な百貨店〈催事場で蕎麦屋呑み〉

秋川滝美　マチのお気楽料理教室
秋川滝美　ヒソップ亭〈湯けむり食事処〉
秋川滝美　ヒソップ亭2〈湯けむり食事処〉
赤神　諒　神遊の城
赤神　諒　大友二階崩れ
赤神　諒　大友落月記
赤神　諒　酔象の流儀　朝倉盛衰記
赤神　諒　空《うつせ》貝《がい》〈村上水軍の神《しん》姫《き》〉
赤神　諒　立花三将伝
彩瀬まる　やがて海へと届く
浅生　鴨　伴走者
天野純希　有楽斎の戦
天野純希　雑《さい》賀《か》のいくさ姫《ひめ》
青木祐子　コーチ！〈はげまし屋・立花ことりのクライアントファイル〉
秋《あき》保《う》水《すい》菓《か》　コンビニなしでは生きられない
相沢沙呼　medium《メディウム》　霊媒探偵城塚翡翠《じょうづかひすい》
新井見枝香　本屋の新井
碧野　圭　凛として弓を引く
碧野　圭　凛として弓を引く〈青雲篇〉

赤松利市　東京棄民
五木寛之　ソフィアの秋
五木寛之　狼のブルース
五木寛之　海峡物語
五木寛之　風花のひと
五木寛之　鳥の歌(上)(下)
五木寛之　燃える秋
五木寛之　真夜中の望遠鏡〈流されゆく日々'78〉
五木寛之　ナホトカ青春航路〈流されゆく日々'79〉
五木寛之　旅の幻燈
五木寛之　他力
五木寛之　こころの天気図
五木寛之　新装版 恋歌
五木寛之　百寺巡礼　第一巻　奈良
五木寛之　百寺巡礼　第二巻　北陸
五木寛之　百寺巡礼　第三巻　京都I
五木寛之　百寺巡礼　第四巻　滋賀・東海
五木寛之　百寺巡礼　第五巻　関東・信州
五木寛之　百寺巡礼　第六巻　関西

五木寛之　百寺巡礼　第七巻　東北
五木寛之　百寺巡礼　第八巻　山陰・山陽
五木寛之　百寺巡礼　第九巻　京都II
五木寛之　百寺巡礼　第十巻　四国・九州
五木寛之　海外版　百寺巡礼　インド1
五木寛之　海外版　百寺巡礼　インド2
五木寛之　海外版　百寺巡礼　朝鮮半島
五木寛之　海外版　百寺巡礼　中国
五木寛之　海外版　百寺巡礼　ブータン
五木寛之　海外版　百寺巡礼　日本・アメリカ
五木寛之　青春の門　第七部　挑戦篇
五木寛之　青春の門　第八部　風雲篇
五木寛之　青春の門　第九部　漂流篇
五木寛之　親鸞　青春篇(上)(下)
五木寛之　親鸞　激動篇(上)(下)
五木寛之　親鸞　完結篇(上)(下)
五木寛之　五木寛之の金沢さんぽ
五木寛之　海を見ていたジョニー　新装版
井上ひさし　モッキンポット師の後始末

井上ひさし　ナイン
井上ひさし　四千万歩の男　全五冊
井上ひさし　四千万歩の男　忠敬の生き方
井上ひさし・司馬遼太郎　新装版 国家・宗教・日本人
池波正太郎　私の歳月
池波正太郎　よい匂いのする一夜
池波正太郎　梅安料理ごよみ
池波正太郎　わが家の夕めし
池波正太郎　新装版 緑のオリンピア
池波正太郎　新装版 殺しの四人〈仕掛人・藤枝梅安(一)〉
池波正太郎　新装版 梅安蟻地獄〈仕掛人・藤枝梅安(二)〉
池波正太郎　新装版 梅安最合傘〈仕掛人・藤枝梅安(三)〉
池波正太郎　新装版 梅安針供養〈仕掛人・藤枝梅安(四)〉
池波正太郎　新装版 梅安乱れ雲〈仕掛人・藤枝梅安(五)〉
池波正太郎　新装版 梅安影法師〈仕掛人・藤枝梅安(六)〉
池波正太郎　新装版 梅安冬時雨〈仕掛人・藤枝梅安(七)〉
池波正太郎　新装版 忍びの女(上)(下)
池波正太郎　新装版 殺しの掟
池波正太郎　新装版 抜討ち半九郎

池波正太郎　新装版 娼婦の眼
池波正太郎　近藤勇白書〈レジェンド歴史時代小説〉(上)(下)
井上　靖　楊貴妃伝
石牟礼道子　新装版 苦《く》海《がい》浄《じょう》土《ど》〈わが水俣病〉
いわさきちひろ　ちひろのことば
いわさきちひろ／松本　猛　いわさきちひろの絵と心
いわさきちひろ 絵本美術館編　ちひろ・子どもの情景〈文庫ギャラリー〉
いわさきちひろ 絵本美術館編　ちひろ・紫のメッセージ〈文庫ギャラリー〉
いわさきちひろ 絵本美術館編　ちひろの花ことば〈文庫ギャラリー〉
いわさきちひろ 絵本美術館編　ちひろのアンデルセン〈文庫ギャラリー〉
いわさきちひろ 絵本美術館編　ちひろ・平和への願い〈文庫ギャラリー〉
石野径一郎　新装版 ひめゆりの塔
今西錦司　生物の世界
井沢元彦　義経幻殺録
井沢元彦　光と影の武蔵〈切支丹秘録〉
井沢元彦　新装版 猿丸幻視行
伊集院　静　乳房
伊集院　静　遠い昨日
伊集院　静　夢は枯野を〈競輪躁鬱旅行〉
伊集院　静　野球で学んだこと ヒデキ君に教わったこと
伊集院　静　峠の声
伊集院　静　白秋
伊集院　静　潮流
伊集院　静　冬の蜻蛉《とんぼ》
伊集院　静　オルゴール
伊集院　静　昨日スケッチ
伊集院　静　あづま橋
伊集院　静　ぼくのボールが君に届けば
伊集院　静　駅までの道をおしえて
伊集院　静　受け月
伊集院　静　坂の上のμ〈野球小説アンソロジー〉
伊集院　静　ねむりねこ
伊集院　静　新装版 三年坂
伊集院　静　お父やんとオジさん(上)(下)
伊集院　静　ノボさん〈小説 正岡子規と夏目漱石〉(上)(下)
伊集院　静　機関車先生〈新装版〉
伊集院　静　ミチクサ先生(上)(下)
いとうせいこう　我々の恋愛
いとうせいこう　「国境なき医師団」を見に行く
いとうせいこう　「国境なき医師団」をもっと見に行く〈ガザ、西岸地区、アンマン、南スーダン、日本〉
井上夢人　ダレカガナカニイル…
井上夢人　プラスティック
井上夢人　オルファクトグラム(上)(下)
井上夢人　もつれっぱなし
井上夢人　あわせ鏡に飛び込んで
井上夢人　魔法使いの弟子たち(上)(下)
井上夢人　ラバー・ソウル
池井戸　潤　果つる底なき
池井戸　潤　架空通貨
池井戸　潤　銀行狐
池井戸　潤　仇敵
池井戸　潤　空飛ぶタイヤ(上)(下)
池井戸　潤　鉄の骨
池井戸　潤　新装版 銀行総務特命
池井戸　潤　新装版 不祥事
池井戸　潤　ルーズヴェルト・ゲーム
池井戸　潤　半沢直樹 1〈オレたちバブル入行組〉

池井戸　潤　半沢直樹2〈オレたち花のバブル組〉
池井戸　潤　半沢直樹3〈ロスジェネの逆襲〉
池井戸　潤　半沢直樹4〈銀翼のイカロス〉
池井戸　潤　半沢直樹 アルルカンと道化師
池井戸　潤　花咲舞が黙ってない〈新装増補版〉
池井戸　潤　ノーサイド・ゲーム
池井戸　潤　新装版 BT'63(上)(下)
石田衣良　LAST［ラスト］
石田衣良　東京DOLL
石田衣良　てのひらの迷路
石田衣良　40《フォーティ》 翼ふたたび
石田衣良　s e x
石田衣良　逆《さか》島《しま》断《たつ》雄《お》〈進駐官養成高校の決闘編1〉
石田衣良　逆島断雄〈進駐官養成高校の決闘編2〉
石田衣良　逆島断雄〈本土最終防衛決戦編1〉
石田衣良　逆島断雄〈本土最終防衛決戦編2〉
石田衣良　初めて彼を買った日
井上荒野　ひどい感じ―父・井上光晴
稲葉　稔　椋鳥の影〈八丁堀手控え帖〉

伊坂幸太郎　チルドレン
伊坂幸太郎　サブマリン
伊坂幸太郎　魔王〈新装版〉
伊坂幸太郎　モダンタイムス(上)(下)〈新装版〉
伊坂幸太郎　PK〈新装版〉
絲山秋子　袋小路の男
石黒　耀　死都日本
石黒　耀　忠臣蔵異聞〈家老 大野九郎兵衛の長い仇討ち〉
犬飼六岐　筋違い半介
犬飼六岐　吉岡清三郎貸腕帳
石川大我　ボクの彼氏はどこにいる?
石松宏章　マジでガチなボランティア
伊東　潤　国を蹴った男
伊東　潤　峠越え
伊東　潤　黎明に起《た》つ
伊東　潤　池田屋乱刃
石飛幸三　「平穏死」のすすめ〈口から食べられなくなったらどうしますか〉
伊藤理佐　女のはしょり道
伊藤理佐　また！ 女のはしょり道

伊藤理佐　みたび！ 女のはしょり道
石黒正数　外《げ》天《てん》楼《ろう》
伊与原新　ルカの方《はこ》舟《ぶね》
伊与原新　コンタミ 科学汚染
稲葉圭昭《よしあき》　恥さらし〈北海道警 悪徳刑事の告白〉
稲葉博《ひろ》一《いち》　忍者烈伝
稲葉博一　忍者烈伝ノ続
稲葉博一　忍者烈伝ノ乱〈天之巻〉〈地之巻〉
伊岡　瞬　桜の花が散る前に
石川智健　エウレカの確率〈経済学捜査と殺人の効用〉
石川智健　60《ロクジュウ》〈誤判対策室〉
石川智健　20《ニジュウ》〈誤判対策室〉
石川智健　第三者隠蔽機関
石川智健　いたずらにモテる刑事の捜査報告書
井上真《ま》偽《ぎ》　その可能性はすでに考えた
井上真偽　聖女の毒杯〈その可能性はすでに考えた〉
井上真偽　恋と禁忌の述語論理《プレディケット》
泉　ゆたか　お師匠さま、整いました！
泉　ゆたか　お江戸けもの医 毛玉堂